TRANZLATY

El idioma es para todos

भाषा सभी के लिए है

Las Aventuras de Alicia en el País de las Maravillas

एलिस एडवेंचर्स इन वंडरलैंड

Lewis Carroll

लुईस कैरोल

Español / हिंदी

Por la madriguera del conejo
खरगोश छेद नीचे

Alicia empezaba a cansarse mucho

ऐलिस बहुत थकने लगी थी

Estaba sentada junto a su hermana en el banco de hierba

वह घास के किनारे अपनी बहन के पास बैठी थी

Pero ella no tenía nada que hacer

लेकिन उसके पास करने के लिए कुछ नहीं था

Su hermana estaba leyendo un libro

उसकी बहन एक किताब पढ़ रही थी

una o dos veces Alicia echó un vistazo al libro

एक या दो बार एलिस ने किताब में झांका

Pero el libro no contenía imágenes ni conversaciones

लेकिन किताब में कोई चित्र या बातचीत नहीं थी

«¿De qué sirve un libro sin imágenes?», pensó Alicia

"चित्रों के बिना एक किताब का क्या उपयोग है?" एलिस ने सोचा

"¿Por qué un libro no tendría conversaciones?"

"एक किताब में कोई बातचीत क्यों नहीं होगी?"

Pero tenía otras cosas que considerar

लेकिन उसके पास विचार करने के लिए अन्य चीजें थीं

"Hacer una cadena de margaritas sería un placer"

"डेज़ी की एक श्रृंखला बनाना एक खुशी होगी"

"¿Pero vale la pena el esfuerzo de levantarse y recoger las margaritas?"

"लेकिन क्या यह उठने और डेज़ी लेने के प्रयास के लायक है ??"

No era tan fácil pensar en esto

यह सोचना इतना आसान नहीं था

porque el día la estaba haciendo sentir somnolienta y estúpida

क्योंकि दिन उसे नींद और बेवकूफ महसूस कर रहा था

Pero de repente sus pensamientos se vieron interrumpidos

लेकिन अचानक उसके विचारों को बाधित किया गया

un conejo blanco de ojos rosados corrió cerca de ella

गुलाबी आँखों वाला एक सफेद खरगोश उसके पास से भागा

No había nada demasiado notable en el conejo

खरगोश के बारे में कुछ भी उल्लेखनीय नहीं था

y Alicia tampoco pensó que el conejo fuera notable

और ऐलिस ने खरगोश को भी उल्लेखनीय नहीं माना

ni le extrañó que el Conejo hablara

न ही खरगोश के बोलने पर उसे आश्चर्य हुआ

"¡Oh, Dios mío! ¡Llegaré demasiado tarde!", se dijo a sí mismo

"ओह डियर! मुझे बहुत देर हो जाएगी!" उसने खुद से कहा

pero entonces el Conejo hizo algo que los conejos no hacían

लेकिन फिर खरगोश ने कुछ ऐसा किया जो खरगोशों ने नहीं किया

el Conejo sacó un reloj del bolsillo de su chaleco

खरगोश ने अपनी वास्कट की जेब से घड़ी निकाली

Miró la hora y luego se apresuró a seguir adelante

उसने समय देखा और फिर जल्दी से आगे बढ़ गया

Alicia se puso en pie, asombrada

ऐलिस विस्मय में अपने पैरों पर खड़ी हो गई

¡Nunca antes había visto un conejo con chaleco!

उसने पहले कभी वास्कट वाला खरगोश नहीं देखा था!

¡Tampoco había visto nunca un conejo con reloj!

न ही उसने कभी घड़ी के साथ खरगोश देखा था!

Alicia ardía con una nueva curiosidad

एलिस एक नई जिज्ञासा के साथ जल रही थी

y corrió por el campo tras el Conejo

और वह खरगोश के पीछे मैदान में भाग गई

Llegó justo a tiempo para ver desaparecer al conejo

वह खरगोश को गायब होते देखने के लिए समय पर थी

El conejo saltó a una gran madriguera

खरगोश एक बड़े खरगोश-छेद में कूद गया

¡En otro momento, Alicia bajó detrás del conejo!

एक और पल में, खरगोश के बाद ऐलिस नीचे चला गया!

La madriguera del conejo seguía recto como un túnel

खरगोश-छेद एक सुरंग की तरह सीधे चला गया

Y el túnel siguió avanzando a cierta distancia

और सुरंग कुछ दूर तक जाती रही

Y entonces el camino de repente se hundió

और फिर रास्ता अचानक नीचे गिर गया

Alicia no tuvo ni un momento para pensar en detenerse

एलिस के पास खुद को रोकने के बारे में सोचने के लिए एक पल भी नहीं था

Se encontró a sí misma cayendo y abajo y abajo

उसने खुद को नीचे और नीचे और नीचे गिरते हुए पाया

Parecía como si hubiera caído en un pozo muy profundo

ऐसा लग रहा था जैसे वह बहुत गहरे कुएं में गिर गई हो

O el pozo era muy profundo, o ella caía muy lentamente

या तो कुआं बहुत गहरा था, या वह बहुत धीरे-धीरे गिर रही थी

porque tenía tiempo de sobra para caer

क्योंकि उसके पास गिरने के लिए बहुत समय था

Mientras caía, podía mirar a su alrededor

जैसे ही वह गिर रही थी, वह अपने चारों ओर देख सकती थी

Primero, trató de averiguar a dónde iba

सबसे पहले, उसने यह पता लगाने की कोशिश की कि वह कहाँ जा रही थी

Pero el pozo estaba demasiado oscuro para ver nada

लेकिन कुएं में इतना अंधेरा था कि कुछ भी देखने को नहीं मिल रहा था

Luego miró a los lados del pozo

फिर उसने कुएं के किनारों को देखा

Y se dio cuenta de que había armarios a su alrededor

और उसने देखा कि उसके चारों ओर अलमारी थी

y alrededor del pozo había estanterías de libros

और कुएं के चारों ओर किताबों-अलमारियां थीं

Aquí y allá veía mapas y cuadros colgados de perchas

इधर-उधर उसने खूंटे पर टंगे नक्शे और तस्वीरें देखीं

Al pasar, bajó un frasco de una de las estanterías

उसने पास होते ही एक अलमारियों से एक जार नीचे निकाला

El frasco estaba etiquetado por su contenido

जार को इसकी सामग्री के लिए लेबल किया गया था

"MERMELADA DE NARANJAS"

"संतरे से बना मुरब्बा"

Pero, para su gran decepción, el frasco de mermelada estaba vacío

लेकिन, उसकी बड़ी निराशा के लिए, मुरब्बा जार खाली था

No quería dejar caer el tarro de mermelada vacío

वह खाली मुरब्बा जार को गिराना नहीं चाहती थी

y su caída fue muy lenta

और उसका गिरना बहुत धीमा था

Así que se las arregló para poner el frasco de mermelada en uno de los armarios

इसलिए वह मुरब्बा जार को अलमारी में से एक में रखने में कामयाब रही

¡Abajo, abajo, abajo, ella cae!

नीचे, नीचे, नीचे वह गिरती है!

¿Llegaría alguna vez la caída a su fin?

क्या पतन कभी खत्म होगा?

No había nada más que hacer

करने के लिए और कुछ नहीं था

así que Alicia pronto empezó a hablar consigo misma

इसलिए एलिस ने जल्द ही खुद से बात करना शुरू कर दिया

—¡Dinah me echará mucho de menos esta noche, creo!

"दीना आज रात मुझे बहुत याद करेगी, मुझे सोचना चाहिए!"

Dinah era la gata de Alicia

दीना ऐलिस की बिल्ली थी

"Espero que se acuerden de su plato de leche a la hora del té"

"मुझे आशा है कि वे चाय के समय दूध की तश्तरी को याद करेंगे"

—¡Dinah, querida, desearía que estuvieras aquí abajo conmigo!

"दीना, मेरी जान, काश तुम यहाँ मेरे साथ होते!"
Alicia sintió que se estaba quedando dormida
एलिस को लगा कि वह ऊँघ रही है
Y de repente, ¡pum! ¡golpe!
और फिर अचानक, थंप! धमाका!
Cayó sobre un montón de palos
नीचे वह लाठी के ढेर पर गिर पड़ी
y aterrizó sobre un montón de hojas secas
और वह सूखे पत्तों के ढेर पर उतर गई
Y finalmente la larga caída por el agujero había terminado
और अंत में छेद के नीचे लंबा पतन खत्म हो गया था
Alicia no estaba herida en lo más mínimo
ऐलिस को थोड़ी चोट नहीं लगी थी
Y se levantó de un salto en un momento
और वह एक पल के भीतर कूद गया
Alzó la vista, pero todo estaba oscuro sobre su cabeza
उसने ऊपर देखा, लेकिन यह सब अंधेरा था
Frente a ella había otro largo pasillo
उसके सामने एक और लंबा गलियारा था
y el Conejo Blanco seguía a la vista
और सफेद खरगोश अभी भी दृष्टि में था
Corría por el pasillo
वह गलियारे से नीचे तेजी से उतर रहा था
No había un momento que perder
खोने के लिए एक पल भी नहीं था
Alicia salió corriendo como el viento
बंद हवा की तरह एलिस भाग गया
A la vuelta de la esquina giró el conejo
कोने के चारों ओर खरगोश बदल गया
Llegó justo a tiempo para oír al conejo
वह खरगोश को सुनने के लिए समय में था

"Oh, mis orejas y bigotes"

""ओह, मेरे कान और मूंछें"

"¡Qué tarde se está haciendo!"

"कितनी देर हो रही है!"

Estaba muy cerca del conejo

वह खरगोश के पीछे थी

Dobló otra esquina

वह दूसरे कोने में घूम गई

pero el Conejo ya no se dejaba ver

लेकिन खरगोश अब दिखाई नहीं दे रहा था

Se encontró en un pasillo largo y bajo

उसने खुद को एक लंबे, कम हॉल में पाया

La sala estaba iluminada por una hilera de lámparas de techo

हॉल छत लैंप की एक पंक्ति से जलाया गया था

Había puertas por todo el pasillo

हॉल के चारों ओर दरवाजे थे

pero todas las puertas estaban cerradas con llave

लेकिन सभी दरवाजे बंद थे

Caminó por un lado del pasillo

वह हॉल के एक तरफ नीचे तक चली गई

Y ella había caminado todo el camino hasta el otro lado de la sala

और वह हॉल के दूसरी तरफ तक चली गई थी

Había intentado todas las puertas

उसने हर दरवाजे की कोशिश की थी

Y caminó tristemente por el centro del pasillo

और वह उदास होकर हॉल के बीच में चली गई

"¿Cómo voy a volver a salir?"

"मैं फिर कभी कैसे बाहर निकलूंगा?

De repente se encontró con una mesita

अचानक वह एक छोटी सी मेज पर आया

La mesa estaba hecha completamente de vidrio macizo

मेज पूरी तरह से ठोस कांच से बना था

No había nada sobre la mesa, excepto una pequeña llave dorada

मेज पर एक छोटी सुनहरी चाबी के अलावा कुछ भी नहीं था

¡La llave podría pertenecer a una de las puertas!

चाबी दरवाजे में से एक से संबंधित हो सकती है!

Pero, ¡ay! Algunas de las cerraduras eran demasiado grandes para las llaves

लेकिन, अफसोस! कुछ ताले चाबियों के लिए बहुत बड़े थे

y para las otras cerraduras la llave era demasiado pequeña

और अन्य तालों के लिए चाबी बहुत छोटी थी

Pero, en cualquier caso, la llave no abrió ninguna de las puertas

लेकिन, किसी भी दर पर, चाबी ने कोई भी दरवाजा नहीं खोला

Pero, ¿qué iba a hacer ella?

लेकिन उसे क्या करना था?

Volvió a atravesar el pasillo

वह फिर से हॉल के माध्यम से चला गया

Y esta vez se fijó en una cortina baja

और इस बार उसने एक कम पर्दा देखा

Detrás de la cortina había una puertecita

पर्दे के पीछे एक छोटा दरवाजा था

La puerta tenía unos quince centímetros de alto

दरवाजा लगभग पंद्रह इंच ऊंचा था

Probó la pequeña llave dorada en la cerradura

उसने ताले में छोटी सुनहरी चाबी की कोशिश की

Y para su gran deleite, ¡la llave encajó en la cerradura!

और उसकी बड़ी खुशी के लिए, चाबी ताले में फिट हो गई!

Alicia abrió la puerta

एलिस ने दरवाजा खोला

Y encontró que la puerta daba a un pequeño pasillo

और उसने पाया कि दरवाजा एक छोटे से गलियारे में ले जाया गया

El corredor no era mucho más grande que una madriguera de ratas

गलियारा चूहे-छेद से ज्यादा बड़ा नहीं था

Se arrodilló y miró a lo largo del pasillo

उसने घुटने टेक दिए और गलियारे के साथ देखा

Y ella vio el jardín más hermoso que jamás hayas visto

और उसने सबसे प्यारा बगीचा देखा जिसे आपने कभी देखा है

¡Cómo anhelaba salir de ese oscuro salón

वह उस अंधेरे हॉल से बाहर निकलने के लिए कैसे तरस रही थी

cómo quería vagar entre esas flores brillantes

कैसे वह उन चमकीले फूलों के बीच भटकना चाहती थी

¡Qué genial se veían esas fuentes

उन फव्वारों को कितना ताज़ा लग रहा था

Pero ni siquiera podía meter la cabeza por la puerta

लेकिन वह दरवाजे के माध्यम से अपना सिर भी नहीं ले सकी

-¡Oh! -exclamó Alicia con tristeza-

"ओह," अलाइस ने कहा, शोकपूर्वक

"¡Cómo desearía poder plegarme como un telescopio!"

"मैं कैसे चाहता हूं कि मैं एक दूरबीन की तरह मोड़ सकूं!"

"Creo que podría plegarme como un telescopio"

"मुझे लगता है कि मैं एक दूरबीन की तरह मोड़ सकता हूं"

"Si supiera cómo empezar"

"अगर मैं केवल जानता था कि कैसे शुरू करना है"

Alicia volvió a la mesa

एलिस मेज पर वापस चली गई

Existía la posibilidad de encontrar otra llave

एक और कुंजी खोजने का मौका था

O podría haber un libro de reglas

या नियमों की एक किताब हो सकती है

El libro podría decirle cómo plegarse como un telescopio

किताब उसे बता सकती है कि दूरबीन की तरह कैसे मोड़ना है

Esta vez encontró una botellita

इस बार उसे एक छोटी बोतल मिली

—Esta botella no estaba aquí antes —dijo Alicia—

"यह बोतल निश्चित रूप से पहले यहाँ नहीं थी," एलिस ने कहा

y atada alrededor del cuello de la botella había una etiqueta de papel

और बोतल के गले में बंधा हुआ पेपर का लेबल था

La etiqueta estaba bellamente impresa en letras grandes

लेबल को बड़े अक्षरों में खूबसूरती से मुद्रित किया गया था

"BÉBEME"

"मुझे पी लो"

—No, miraré primero —dijo ella—

"नहीं, मैं पहले देखूंगा," उसने कहा

"Veré si la botella está marcada como venenosa o no"

"मैं देखूंगा कि बोतल को जहरीला चिह्नित किया गया है या नहीं,"

porque nunca olvidó la lección sobre el veneno

क्योंकि वह जहर के बारे में सबक कभी नहीं भूली

"Si una botella está etiquetada como venenosa, es probable que no esté de acuerdo contigo"

"अगर एक बोतल को जहरीला करार दिया जाता है, तो यह आपके साथ असहमत होने के लिए बाध्य है"

Sin embargo, esta botella no estaba marcada como venenosa

हालांकि, इस बोतल को जहरीले के रूप में चिह्नित नहीं किया गया था

así que Alicia se aventuró a probar el contenido de la botella

इसलिए ऐलिस ने बोतल की सामग्री का स्वाद लेने का साहस किया

Encontró el líquido bastante de su agrado

उसे वह तरल काफी पसंद आया

La bebida tenía una especie de sabor mezclado

पेय में एक प्रकार का मिश्रित स्वाद था

tarta de cerezas, natillas y piña

चेरी-टार्ट, कस्टर्ड और अनानास

Pavo asado, caramelo y tostadas con mantequilla caliente

गर्म मक्खन के साथ टर्की, टॉफी और टोस्ट भूनें

Y pronto acabó la botella

और उसने जल्द ही बोतल खत्म कर दी

-¡Qué sensación tan curiosa! -exclamó Alicia-

"क्या एक जिज्ञासु लग रहा है!" एलिस ने कहा

"¡Me estoy pliegando como un telescopio!"

"मैं एक दूरबीन की तरह तह कर रहा हूँ!"

¡Y se estaba pliegando como un telescopio!

और वह वास्तव में एक दूरबीन की तरह तह कर रही थी!

Ahora solo medía diez pulgadas de alto

अब वो सिर्फ़ दस इंच ऊँची थी

y su rostro se iluminó con sus pensamientos

और उसके विचारों पर उसका चेहरा चमक उठा

Ahora ella tenía el tamaño adecuado para la pequeña puerta

अब वह छोटे दरवाजे के लिए सही आकार था

Ahora podía entrar en ese hermoso jardín

अब वह उस सुंदर बगीचे में जा सकता था

Pronto dejó de hacerse más pequeña

जल्द ही उसने छोटा होना बंद कर दिया

Decidió ir al jardín de inmediato

उसने तुरंत बगीचे में जाने का फैसला किया

pero, ¡ay de la pobre Alicia!

लेकिन, गरीब ऐलिस के लिए अफसोस!

Llegó a la puerta

वह दरवाजे पर पहुंच गई

Pero había olvidado la pequeña llave de oro

लेकिन वह छोटी सुनहरी चाबी भूल गई थी

Volvió a la mesa en busca de la llave

वह चाबी के लिए मेज पर वापस चली गई

Pero se dio cuenta de que no podía llegar lo suficientemente alto

लेकिन उसने पाया कि वह काफी ऊंचाई तक नहीं पहुंच सकी

Podía ver la llave claramente a través del cristal

वह कांच के माध्यम से काफी स्पष्ट रूप से कुंजी देख सकता था

Trató de trepar por las patas de la mesa

उसने मेज के पैरों पर चढ़ने की कोशिश की

Pero el cristal era demasiado resbaladizo

लेकिन कांच बहुत फिसलन भरा था

Con el tiempo se cansó de intentarlo

अंततः वह कोशिश करने के साथ खुद को थक गई

Y la pobre niña se sentó y lloró

और बेचारी छोटी लड़की बैठ कर रोने लगी

Alicia se habló a sí misma con bastante brusquedad

एलिस ने खुद से काफी तीखे स्वर में बात की

"¡Vamos, no sirve de nada llorar así!"

"चलो, इस तरह रोने का कोई फायदा नहीं है!"

"¡Te aconsejo que te detengas ahora mismo!"

"मैं आपको इस मिनट रुकने की सलाह देता हूं!"

En general, se daba muy buenos consejos

वह आम तौर पर खुद को बहुत अच्छी सलाह देती थी

aunque muy rara vez seguía sus propios consejos

हालांकि वह शायद ही कभी अपनी सलाह का पालन करती थी

Y a veces era demasiado dura consigo misma

और वह कभी-कभी खुद पर बहुत कठोर थी

y sus palabras hicieron que se le llenaran los ojos de lágrimas

और उसके शब्दों ने उसकी आँखों में आँसू ला दिए

Pronto sus ojos se posaron en una cajita de cristal

जल्द ही उसकी नज़र एक छोटे से कांच के बक्से पर पड़ी

La cajita de cristal estaba debajo de la mesa

छोटा कांच का डिब्बा टेबल के नीचे पड़ा था

En la caja de cristal había un pastel muy pequeño

कांच के डिब्बे में एक बहुत छोटा केक था

En el pastel, algunas palabras estaban bellamente escritas

केक पर कुछ शब्द खूबसूरती से लिखे गए थे

Las palabras habían sido marcadas con grosellas

शब्दों को करंट में चिह्नित किया गया था

"CÓMEME"

"मुझे खा जाओ"

—Bueno, me comeré el pastel —dijo Alicia—

"ठीक है, मैं केक खाऊंगा," एलिस ने कहा

"y si el pastel me hace crecer, puedo llegar a la llave"

"और अगर केक मुझे बड़ा करता है, तो मैं कुंजी तक पहुंच सकता हूं"

"y si el pastel me hace más pequeño, puedo arrastrarme por debajo de la puerta"

"और अगर केक मुझे छोटा करता है, तो मैं दरवाजे के नीचे रेंग सकता

हूं"

"así que de cualquier manera me meteré en el jardín"

"तो किसी भी तरह से मैं बगीचे में जाऊंगा"

"¡Y no me importa cuál de los dos suceda!"

"और मुझे परवाह नहीं है कि दोनों में से कौन सा होता है!"

Se comió un pedacito del pastel

उसने केक का थोड़ा सा हिस्सा खा लिया

Y se habló a sí misma con ansiedad:

और वह उत्सुकता से खुद से बात की:

—¿De qué manera? ¿Hacia dónde?

"कौन सा रास्ता? कौन सा रास्ता?"

Y se llevó la mano a la cabeza

और उसने अपना हाथ उसके सिर पर रख लिया

Quería sentir de qué manera estaba creciendo

वह महसूस करना चाहती थी कि वह किस तरह से बढ़ रही थी

Se sorprendió bastante al descubrir lo que había sucedido

वह यह जानकर काफी हैरान थी कि क्या हुआ था

¡Había permanecido del mismo tamaño!

वह एक ही आकार में रह गया था!

Así que esta vez redobló sus esfuerzos

इसलिए इस बार उसने अपने प्रयास दोगुने कर दिए

Y pronto terminó todo el pastel

और जल्द ही उसने पूरा केक खत्म कर दिया

El charco de lágrimas
आँसुओं का पूल

-¡Esto se está poniendo cada vez más interesante! -exclamó Alicia-

"यह अधिक से अधिक दिलचस्प हो रहा है!" एलिस रोया

Se puede ver que estaba muy sorprendida

आप देख सकते हैं कि वह बहुत हैरान थी

"¡Me estoy abriendo como el telescopio más grande que jamás haya existido!"

"मैं अब तक की सबसे बड़ी दूरबीन की तरह खुल रहा हूँ!"

—¡Adiós, pies! ¡Oh, mis pobres piecitos!

"अलविदा, पैर! ओह, मेरे गरीब छोटे पैर"

"Me pregunto quién se pondrá sus zapatos por ustedes ahora, queridos".

"मुझे आश्चर्य है कि अब आपके लिए आपके जूते कौन डालेगा, प्रिय?"

—¿Y me pregunto quién se pondrá las medias?

"और मुझे आश्चर्य है कि आपके मोज़े कौन डालेगा?"

"Estaré demasiado lejos"

"मैं बहुत दूर रहूँगा"

"No podré preocuparme más por ti"

"मैं अब तुम्हारे बारे में खुद को परेशान नहीं कर पाऊंगा"

Justo en ese momento su cabeza golpeó contra algo

बस इसी समय उसका सिर किसी चीज से टकराया

Había llegado al techo de la sala

वह हॉल की छत पर पहुंच गई थी

De hecho, ahora medía más de dos metros de altura

वास्तव में, वह अब दो मीटर से अधिक लंबी थी

Y al instante tomó la pequeña llave de oro

और उसने तुरंत छोटी सुनहरी चाबी उठा ली

Y se apresuró a llegar a la puerta del jardín

और वह जल्दी से बगीचे के दरवाजे की ओर चल पड़ी

¡Pobre Alicia! No había mucho que pudiera hacer

गरीब ऐलिस! वह ज्यादा कुछ नहीं कर सकती थी

Se acostó de lado

वह एक तरफ लेट गई

Y miró al jardín con un ojo

और उसने एक आँख से बगीचे में देखा

Pero salir adelante era más desesperado que nunca

लेकिन के माध्यम से प्राप्त करने के लिए पहले से कहीं अधिक निराशाजनक था

Se sentó y comenzó a llorar de nuevo

वह बैठ गई और फिर से रोने लगी

Siguió derramando galones de lágrimas

वह आँसू के गैलन बहाती चली गई

Pronto había un gran estanque a su alrededor

जल्द ही उसके चारों ओर एक बड़ा पूल था

Y el agua llegaba hasta la mitad del pasillo

और पानी हॉल के आधे रास्ते तक पहुंच गया

Al cabo de un rato, oyó un pequeño golpeteo de pies

थोड़ी देर बाद उसे पैरों की हल्की थपकी सुनाई दी

Oyó los pasos que venían de lejos

उसने दूर से आते पैरों की आवाज सुनी

Y se secó los ojos apresuradamente para ver lo que venía

और उसने जल्दी से अपनी आँखें सुखा लीं यह देखने के लिए कि क्या आ रहा था

Era el Conejo Blanco que regresaba

यह सफेद खरगोश लौट रहा था

Iba espléndidamente vestido

उसने शानदार कपड़े पहने थे

Tenía un par de guantes blancos en una mano

उनके एक हाथ में सफेद दस्ताने थे

y tenía un gran abanico de plumas en la otra mano

और उसके दूसरे हाथ में एक बड़ा पंख पंखा था

Llegó trotando a toda prisa

वह बड़ी जल्दी में टहलता हुआ आया

y murmuró para sí: "¡Oh! ¡La duquesa, la duquesa!

और वह मन ही मन बुदबुदाया, "ओह! डचेस, डचेस!"

—¡Oh! ¡No será salvaje si la he hecho esperar!

"ओह! अगर मैंने उसे इंतज़ार करवाया तो क्या वह वहशी नहीं होगी!"

Cuando el Conejo se acercó a ella, Alicia habló

जब खरगोश उसके पास आया, तो एलिस बोली

Pero ella hablaba en voz baja y tímida

लेकिन वह धीमी, डरपोक आवाज में बोली

"Señor, por favor, deje de hacer lo que está haciendo por un momento"

"सर, आप जो कर रहे हैं उसे एक पल के लिए रोक दें"

El Conejo se sobresaltó violentamente

खरगोश हिंसक चौंका

Dejó caer los guantes blancos y el abanico de plumas

उसने सफेद दस्ताने और पंख पंखे को गिरा दिया

Y se escabulló en la oscuridad lo más rápido que pudo

और वह जितनी तेजी से हो सकता था उतनी तेजी से अंधेरे में भाग गया

Alicia recogió el abanico de plumas y los guantes

एलिस ने पंख पंखा और दस्ताने उठाए

Y no paraba de abanicarse mientras seguía hablando

और वह बात करते हुए खुद को पंखा करती रही

"¡Querido, querido! ¡Qué extraño es todo hoy!"

"प्रिय, प्रिय! आज सब कुछ कितना अजीब है!

"Ayer las cosas siguieron como siempre"

"कल चीजें हमेशा की तरह ही चलीं"

—¿Era yo el mismo cuando me levanté esta mañana?

"क्या मैं भी वही था जब मैं आज सुबह उठा था?

"Pero si no soy el mismo, hay otra cuestión"

"लेकिन अगर मैं वही नहीं हूं, तो एक और सवाल है"

"¿Quién demonios soy yo?"

"मैं दुनिया में कौन हूँ?

"¡Ah, ese es el gran rompecabezas!"

"आह, यह बड़ी पहेली है!"

Al decir esto, se miró las manos

यह कहते हुए उसने अपने हाथों की ओर देखा

Llevaba uno de los Conejos, gusanos blancos

उसने खरगोशों में से एक छोटे सफेद दस्ताने पहने हुए थे

No se había dado cuenta de que se había puesto el guante mientras hablaba

उसने ध्यान नहीं दिया था कि उसने बात करते समय दस्ताने पहन रखे थे

"¿Cómo pude haber hecho eso?", pensó

"मैं ऐसा कैसे कर सकता था?" उसने सोचा

"Debo estar haciéndome pequeño otra vez"

"मुझे फिर से छोटा होना चाहिए"

Se levantó y se acercó a la mesa para medir su altura

वह उठी और अपनी ऊंचाई मापने के लिए मेज पर गई

Descubrió que ahora medía aproximadamente medio metro de altura

उसने पाया कि वह अब लगभग आधा मीटर लंबी थी

Y ella seguía encogiéndose rápidamente

और वो अभी भी तेजी से सिकुड़ रही थी

Pronto descubrió cuál era la causa del encogimiento

उसे जल्द ही पता चल गया कि सिकुड़ने का कारण क्या था

¡El abanico de plumas la estaba haciendo más pequeña de nuevo!

पंख पंखा उसे फिर से छोटा कर रहा था!

Y dejó caer el abanico de plumas apresuradamente

और उसने जल्दी से पंख पंखा गिरा दिया

Dejó caer el abanico de plumas justo a tiempo para salvarse

उसने खुद को बचाने के लिए समय पर पंख पंखा गिरा दिया

Si se hubiera abanicado por más tiempo, se habría encogido por completo

अगर वह खुद को और अधिक पंखा करती तो वह पूरी तरह से सिकुड़ जाती

-¡Ha sido una fuga por los pelos! -dijo Alicia-

"वह एक संकीर्ण पलायन था!" एलिस ने कहा

Y se asustó mucho ante el cambio repentino

और वह अचानक बदलाव से काफी डर गई थी

pero estaba muy contenta de encontrarse todavía en existencia

लेकिन वह खुद को अभी भी अस्तित्व में पाकर बहुत खुश थी

—¡Y ahora, al jardín!

"और अब, बगीचे के लिए रवाना!"

Y corrió a toda prisa hacia la puertecita

और वह पूरी गति के साथ छोटे दरवाजे पर वापस भाग गई

Pero, ¡ay! La puertecita se cerró de nuevo

लेकिन, अफसोस! छोटा दरवाजा फिर से बंद हो गया

Y la pequeña llave de oro volvía a estar sobre la mesa de cristal

और छोटी सुनहरी चाबी फिर से कांच की मेज पर पड़ी थी

"Las cosas están peor que nunca", pensó el pobre niño

"हालात पहले से भी बदतर हैं," गरीब बच्चे ने सोचा

"Nunca antes había sido tan pequeño como esto, ¡nunca!"

"मैं पहले कभी इतना छोटा नहीं था, कभी नहीं!"

Al decir estas palabras, su pie resbaló

जैसे ही उसने ये शब्द कहे, उसका पैर फिसल गया

¡Y en otro momento hubo un gran chapoteo!

और एक और पल में एक महान छप था!

Estaba sumergida en agua salada hasta la barbilla

वह खारे पानी में अपनी ठुड्डी तक थी

Su primera idea fue que de alguna manera había caído al mar

उसका पहला विचार यह था कि वह किसी तरह समुद्र में गिर गई थी

Sin embargo, pronto se dio cuenta de en qué estaba metida

हालांकि, उसे जल्द ही एहसास हुआ कि वह क्या कर रही थी

Estaba en un charco de lágrimas

वह आंसुओं के पूल में थी

las lágrimas que había llorado cuando tenía dos metros de altura

आँसू वह रोया था जब वह दो मीटर लंबा था

Justo en ese momento escuchó algo

तभी उसे कुछ सुनाई दिया

Algo chapoteaba en la piscina

पूल में कुछ छींटे मार रहा था

El chapoteo venía de un poco más lejos

छींटे थोड़ी दूर से आए

Y se acercó nadando para ver qué era el chapoteo

और वह तैरकर पास आ गई यह देखने के लिए कि छींटे क्या हैं

Pronto vio que era solo un ratoncito

उसने जल्द ही देखा कि यह केवल एक छोटा चूहा था

El ratoncito también se había metido en el agua

छोटा चूहा भी पानी में फिसल गया था

Alicia pensó para sí misma sobre la situación

एलिस ने स्थिति के बारे में खुद को सोचा

—¿Serviría de algo hablar con este ratón?

"क्या इस चूहे से बात करने का कोई फायदा होगा?"

"Aquí todo está tan al revés"

"यहाँ सब कुछ इतना ऊपर-नीचे है"

"Creo que es muy probable que este ratón pueda hablar"

"मुझे लगता है कि बहुत संभावना है कि यह माउस बात कर सकता है"

"En cualquier caso, no hay nada de malo en intentarlo"

"किसी भी दर पर, कोशिश करने में कोई बुराई नहीं है"

Así que empezó a tratar de hablar con el ratón

इसलिए वह चूहे से बात करने की कोशिश करने लगी

"Oh Ratón, ¿conoces la forma de salir de esta piscina?"

"ओह माउस, क्या आप इस पूल से बाहर निकलने का रास्ता जानते हैं?"

—¡Estoy muy cansado de nadar por aquí, oh ratón!

"मैं यहाँ तैरने से बहुत थक गया हूँ, ओह माउस!"

El ratón la miró con curiosidad

चूहे ने उसे जिज्ञासा से देखा

El ratón parecía guiñar un ojo con uno de sus ojitos

चूहा अपनी एक छोटी सी आंख से पलक झपकाता प्रतीत हो रहा था

Pero el ratoncito no dijo nada

लेकिन छोटे चूहे ने कुछ नहीं कहा

"A lo mejor el ratón no entiende inglés", pensó Alicia

"शायद चूहा अंग्रेजी नहीं समझता है," एलिस ने सोचा

"Me atrevo a decir que es un ratón francés"

"मैं यह कहने की हिम्मत करता हूं कि यह एक फ्रांसीसी माउस है"

"tal vez este ratón vino con Guillermo el Conquistador"

"शायद यह चूहा विलियम द कॉन्करर के साथ आया था"

Así que empezó de nuevo, en francés

तो उसने फिर से फ्रेंच में शुरू किया

"¿Dónde está mi gato?", preguntó en francés

"मेरी बिल्ली कहाँ है?" उसने फ्रेंच में पूछा

era la primera frase de su libro de clases de francés

यह उसकी फ्रेंच पाठ-पुस्तक का पहला वाक्य था

El Ratón dio un súbito salto fuera del agua

चूहे ने अचानक पानी से बाहर छलांग लगाई

y el ratón pareció temblar de miedo

और चूहा डर के मारे थरथराने लगा

-¡Oh, le ruego que me perdone! -exclamó Alicia apresuradamente-

"ओह, मैं आपसे क्षमा माँगता हूँ!" अलाइस जल्दी से चिल्लाया

Temía haber herido los sentimientos del pobre animal

उसे डर था कि उसने गरीब जानवर की भावनाओं को चोट पहुंचाई है

"Olvidé que no te gustaban los gatos"

"मैं भूल गया कि आपको बिल्लियाँ पसंद नहीं थीं"

—¡No me gustan los gatos! —exclamó el ratón con voz estridente y apasionada—

"मुझे बिल्लियाँ पसंद नहीं हैं!" चूहा तीखी, भावुक आवाज़ में चिल्लाया

—¿Te gustaría tener gatos, si fueras yo?

"क्या आप बिल्लियों को पसंद करेंगे, अगर आप मेरी जगह थे?

Alicia consoló al ratón en un tono tranquilizador

एलिस ने सुखदायक स्वर में चूहे को दिलासा दिया

"Bueno, tal vez a mí tampoco me gustarían los gatos si fuera tú"

"ठीक है, शायद मैं बिल्लियों को पसंद नहीं करूंगा अगर मैं भी तुम्हारी जगह होता"

"Por favor, no te enfades por la mención de los gatos"

"कृपया बिल्लियों के उल्लेख के बारे में नाराज न हों"

"Y, sin embargo, desearía poder mostrarte a nuestra gata Dinah"

"और फिर भी मेरी इच्छा है कि मैं आपको हमारी बिल्ली दीना दिखा सकूं"

"Si la conocieras, creo que te encapricharías de los gatos"

"अगर आप उससे मिले तो मुझे लगता है कि आप बिल्लियों के लिए

एक फैंसी लेंगे"

"Si tan solo pudieras verla"

"यदि आप केवल उसे देख सकते हैं"

"Es una cosa tan querida y tranquila"

"वह इतनी प्यारी, शांत चीज़ है"

El ratón temblaba por todas partes

चूहा हर तरफ हिल रहा था

Alicia estaba segura de que el ratón debía de estar realmente ofendido

ऐलिस ने महसूस किया कि माउस वास्तव में नाराज होना चाहिए

"No hablaremos más de ella, si prefieres no hacerlo"

"हम उसके बारे में और बात नहीं करेंगे, अगर आप नहीं चाहते हैं"

-¡Nosotros, en efecto! -exclamó el Ratón-

"हम, वास्तव में!" चूहा चिल्लाया

El ratón temblaba hasta la punta de la cola

चूहा अपनी पूंछ के अंत तक कांप रहा था

—¡Como si fuera a hablar de un tema así!

"जैसे कि मैं इस तरह के विषय पर बात करूंगा!"

"Nuestra familia siempre odió a los gatos"

"हमारा परिवार हमेशा बिल्लियों से नफरत करता था"

"Gatos; ¡Cosas desagradables, bajas, vulgares!"

"बिल्लियों; गंदी, नीच, अश्लील चीजें!"

"¡No dejes que vuelva a escuchar el nombre!"

"मुझे फिर से नाम मत सुनने दो!"

-¡No volveré a hablar de los gatos! -dijo Alicia-

"मैं वास्तव में फिर से बिल्लियों का उल्लेख नहीं करूंगा!" एलिस ने कहा

Tenía mucha prisa por cambiar de tema

वह विषय बदलने की बहुत जल्दी में थी

"¿Eres tú... ¿Te gustan los perros?

"क्या आप... क्या आप कुत्तों के शौकीन हैं?

"Hay un perrito tan simpático cerca de nuestra casa"

"हमारे घर के पास इतना प्यारा सा कुत्ता है,"

—¡Me gustaría enseñarte el perrito!

"मैं तुम्हें छोटा कुत्ता दिखाना चाहता हूँ!

"Este perrito mata a todas las ratas y...

"यह छोटा कुत्ता सभी चूहों को मारता है और ...

-¡Oh, querida! -exclamó Alicia en tono triste-

"ओह, प्रिय!" अलाइस एक उदास स्वर में चिल्लाया

"¡Me temo que te he ofendido de nuevo!"

"मुझे डर है कि मैंने आपको फिर से नाराज कर दिया है!"

El ratón se alejaba nadando de ella tan rápido como podía

चूहा जितनी तेजी से जा सकता था उतनी तेजी से उससे दूर तैर रहा था

y el ratón hizo un gran alboroto en la piscina

और चूहे ने पूल में काफी हंगामा किया

Así que llamó suavemente al ratón

इसलिए उसने धीरे से चूहे को पुकारा

"¡Mi querido ratón, por favor vuelve!"

"मेरे प्यारे चूहे, कृपया वापस आओ!"

"Y no hablaremos de gatos"

"और हम बिल्लियों के बारे में बात नहीं करेंगे"

"Y tampoco tenemos que hablar de perros"

"और हमें कुत्तों के बारे में भी बात नहीं करनी है"

Cuando el ratón escuchó esto, se dio la vuelta

चूहे ने जब यह सुना तो वह पलट गया

Y el ratoncito nadó lentamente de regreso a ella

और छोटा चूहा धीरे-धीरे तैरकर वापस उसके पास आ गया

La cara del ratón estaba bastante pálida

चूहे का चेहरा काफी पीला पड़ गया था

Y el ratón habló, en voz baja y temblorosa

और चूहा धीमी, कांपती आवाज में बोला

"Vamos a la orilla"

"हमें किनारे पर जाने दो"

"y luego te contaré mi historia"

"और फिर मैं आपको अपना इतिहास बताऊंगा"

"y entenderás por qué odio a los gatos y a los perros"

"और आप समझेंगे कि ऐसा क्यों है कि मैं बिल्लियों और कुत्तों से नफरत करता हूं"

Ya era hora de partir

यह जाने का उच्च समय हो गया था

porque la piscina se estaba llenando bastante

क्योंकि पूल में काफी भीड़ हो रही थी

Otros pájaros y animales habían caído en el estanque

अन्य पक्षी और जानवर पूल में गिर गए थे

había un pato y un dodo

एक बतख और एक डोडो थे

y había un pájaro lori y un aguilucho

और एक लॉरी पक्षी और एक ईगलेट था

Y había varias otras criaturas de aspecto interesante

और कई अन्य दिलचस्प दिखने वाले जीव थे

Alicia abrió el camino para salir de la piscina

ऐलिस ने पूल से बाहर निकलने का रास्ता दिखाया

Y todo el grupo de animales nadó hasta la orilla

और जानवरों का पूरा दल तैरकर किनारे पर आ गया

Una carrera de caucus y una larga cola

एक कॉकस दौड़ और एक लंबी पूंछ

De hecho, eran un grupo de animales de aspecto gracioso

वे वास्तव में जानवरों का एक अजीब दिखने वाला झुंड थे

Y todos se reunieron a la orilla del agua

और वे सब पानी के किनारे इकट्ठे हुए

Todos los pájaros tenían las plumas desaliñadas

सभी पक्षियों के पंख अस्त-व्यस्त थे

y los animales peludos estaban empapados

और प्यारे जानवरों को भिगोया गया

y todos estaban empapados, molestos e incómodos

और सभी गीले, नाराज और असहज टपक रहे थे

Había una pregunta que había que responder primero

एक सवाल था जिसका जवाब पहले देना था

¿Cuál es la mejor manera de que todos se sequen?

हर किसी के सूखने का सबसे अच्छा तरीका क्या है?

Tuvieron una consulta sobre este asunto

उन्होंने इस मामले के बारे में परामर्श किया था

Pronto todos se sintieron en términos familiares

जल्द ही वे सभी परिचित शर्तों पर थे

Era como si los conociera de toda la vida

ऐसा लगता था जैसे वह उन्हें जीवन भर जानती थी

El ratón parecía ser una persona de cierta autoridad

चूहा किसी अधिकार का व्यक्ति लग रहा था

"¡Siéntense todos y escúchenme!

"बैठो, तुम सब, और मेरी बात सुनो!

"¡Pronto los volveré a secar!"

"मैं जल्द ही आप सभी को फिर से सूखा दूंगा!"

Se sentaron todos a la vez, en un gran círculo

वे सभी एक साथ बैठ गए, एक बड़ी अंगूठी में

y el ratoncito se sentó en el medio

और छोटा चूहा बीच में बैठ गया

—¡Ejem! —dijo el ratón con aire importante—

"अहम!" चूहे ने एक महत्वपूर्ण हवा के साथ कहा

"¿Están todos listos?"

"क्या आप सब तैयार हैं?"

"Esto es lo más seco que conozco"

"यह सबसे सूखी बात है जिसे मैं जानता हूं"

—¡Silencio por todas partes, por favor!

"चारों ओर मौन, अगर आप कृपया!"

"Guillermo el Conquistador fue favorecido por el Papa"

"विलियम द कॉन्करर को पोप ने पसंद किया था"

"pero pronto fue sometido por los ingleses"

"लेकिन वह जल्द ही अंग्रेजी द्वारा प्रस्तुत किया गया था"

"Últimamente querían líderes"

"वे देर से नेताओं को चाहते थे"

"Y se habían acostumbrado al poder y a la conquista"

"और वे शक्ति और विजय के आदी थे"

"Edwin y Morcar, los condes de Mercia y Northumbria"

"एडविन और मोरकर, मर्सिया और नॉर्थम्ब्रिया के अर्ल्स"

—¡Uf! —exclamó el pájaro lori con un escalofrío—

"उह!" लोरी पक्षी ने एक कंपकंपी के साथ कहा

"e incluso Stigand, el patriota arzobispo de Canterbury"

"और यहां तक कि स्टिगैंड, कैंटरबरी के देशभक्त आर्कबिशप"

"A él también le pareció aconsejable"

"उन्होंने भी इसे उचित पाया"

-¿Qué le pareció aconsejable? -dijo el pato-

"उसे क्या सलाह मिली?" बतख ने कहा

—Le pareció aconsejable —replicó el ratón con cierto enfado—

"उसने इसे उचित पाया," माउस ने उत्तर दिया, बल्कि क्रॉसली

Pero el pato no estaba satisfecho

लेकिन बतख संतुष्ट नहीं थी

"Por supuesto, ya sabes lo que significa"

"बेशक, आप जानते हैं कि 'यह' का क्या अर्थ है"

—Sé lo que es cuando encuentro una cosa —dijo el pato—

"मुझे पता है कि जब मुझे कोई चीज़ मिलती है तो वह क्या होता है," बतख ने कहा

"Generalmente es una rana o un gusano"

"यह आम तौर पर एक मेंढक या कीड़ा है"

"La pregunta es, ¿qué encontró el arzobispo?"

"सवाल यह है कि आर्कबिशप ने क्या पाया?"

El ratón no se dio cuenta de esta pregunta

माउस ने इस सवाल पर ध्यान नहीं दिया

En cambio, el ratón continuó apresuradamente con el discurso

इसके बजाय, माउस जल्दी से भाषण के साथ चला गया

"le pareció aconsejable ir con Edgar Atheling"

"उन्होंने एडगर एथेलिंग के साथ जाना उचित समझा"

"para encontrarme con Guillermo y ofrecerle la corona"

"विलियम से मिलने और उसे ताज देने के लिए"

el ratón continuó, volviéndose hacia Alicia mientras hablaba

चूहा जारी रखा, ऐलिस की ओर मुड़ते हुए यह बात की

—¿Cómo te va ahora, querida?

"अब आप कैसे चल रहे हैं, मेरे प्यारे?

—Tan mojado como siempre —dijo Alicia en tono melancólico—

"हमेशा की तरह गीला," एलिस ने उदास स्वर में कहा

"Esta historia no parece que me seque en absoluto"

"यह कहानी मुझे बिल्कुल सूखी नहीं लगती है"

—En ese caso —dijo solemnemente el dodo, poniéndose en pie—

"उस मामले में," डोडो ने गंभीरता से कहा, अपने पैरों पर उठते हुए

"Voto que se levante la sesión"

"मैं वोट देता हूं कि बैठक स्थगित कर दी जाए"

"y propongo la adopción inmediata de remedios más enérgicos"

"और मैं अधिक ऊर्जावान उपायों को तत्काल अपनाने का प्रस्ताव करता हूं"

—¡Di palabras de verdad! —dijo el aguilucho—

"असली शब्द बोलो!" चील ने कहा

"No conozco el significado de la mitad de esas palabras largas"

"मुझे उन लंबे शब्दों में से आधे का अर्थ नहीं पता"

—¡Y, lo que es más, tampoco creo que tú lo sepas!

और, क्या अधिक है, मुझे विश्वास नहीं है कि आप या तो जानते हैं!

—Lo que iba a decir —dijo el dodo en tono ofendido—

"मैं क्या कहने जा रहा था," डोडो ने नाराज स्वर में कहा

"Lo mejor para deshacernos sería una contienda electoral"

"हमें सूखा पाने के लिए सबसे अच्छी बात एक कॉकस-रेस होगी"

—¿Qué es una contienda electoral? —preguntó Alicia

"कॉकस-रेस क्या है?" एलिस ने कहा

—Bueno —dijo el dodo—, la mejor manera de explicarlo es hacerlo.

"ठीक है," डोडो ने कहा, "इसे समझाने का सबसे अच्छा तरीका यह करना है"

"Primero el dodo trazó un hipódromo"

"पहले डोडो ने रेस-कोर्स को चिह्नित किया"

"La pista estaba en una especie de círculo"

"ट्रैक एक तरह के घेरे में था"

"Y luego todo el grupo se colocó a lo largo del recorrido"

"और फिर सभी पार्टी को पाठ्यक्रम के साथ रखा गया था"

No hubo "¡Uno, dos, tres y fuera!"

कोई "एक, दो, तीन और दूर" नहीं था!

pero empezaron a correr cuando quisieron

लेकिन वे जब चाहें दौड़ने लगे

Y también terminaban cuando querían

और वे भी जब पसंद करते थे तब समाप्त हो जाते थे

Así que no era fácil saber cuándo había terminado la carrera

इसलिए यह जानना आसान नहीं था कि दौड़ कब खत्म हो गई

Después de media hora más o menos de correr, todos estaban bastante secos

आधे घंटे या दौड़ने के बाद वे सभी काफी सूखे थे

el dodo gritó de repente: "¡La carrera ha terminado!"

डोडो ने अचानक पुकारा, "दौड़ खत्म हो गई है!"

Y todos se agolparon alrededor del dodo

और वे सभी डोडो के चारों ओर भीड़ गए

Todos los animales jadeaban y resoplaban

सभी जानवर हांफ रहे थे और कश लगा रहे थे

y todos querían saber: "¿Pero quién ha ganado?"

और वे सब जानना चाहते थे, "लेकिन कौन जीता है?

El dodo no pudo responder de inmediato a esta pregunta

इस सवाल का डोडो तुरंत जवाब नहीं दे सका

Primero tuvo que pensar mucho

पहले उसे बहुत कुछ सोचना पड़ा

Después de pensarlo mucho, el Dodo finalmente habló

बहुत सोचने के बाद, डोडो आखिरकार बोला

"Todos han ganado y todos deben tener premios"

"हर कोई जीता है, और सभी को पुरस्कार मिलना चाहिए"

"¿Pero quién va a dar los premios?", preguntó un coro de voces

"लेकिन पुरस्कार देने वाला कौन है?" आवाज़ों का एक कोरस पूछा

—Bueno, ella, por supuesto —dijo el dodo—

"ठीक है, वह, निश्चित रूप से," डोडो ने कहा

y el dodo señaló con un dedo a Alicia

और डोडो ने एक उंगली से एलिस की ओर इशारा किया

y todo el grupo de animales se agolpó a su alrededor

और जानवरों की पूरी पार्टी उसके चारों ओर भीड़ गई

gritaron, de manera confusa: "¡Premios! ¡Premios!"

उन्होंने उलझन में कहा, "पुरस्कार! पुरस्कार!"

Alicia no tenía ni idea de qué hacer

ऐलिस को पता नहीं था कि क्या करना है

Desesperada, se metió la mano en el bolsillo

निराशा में उसने अपनी जेब में हाथ डाला

Y sacó una caja de dulces

और उसने मिठाई का डिब्बा निकाला

Por suerte, el agua salada no había entrado en la caja

सौभाग्य से नमक-पानी बॉक्स में नहीं मिला था

Y repartió los dulces como premios

और उसने मिठाई को पुरस्कार के रूप में सौंप दिया

Había exactamente una pieza para todos

सभी के लिए बिल्कुल एक टुकड़ा था

Lo siguiente que tenían que hacer era comer los dulces

अगली चीज़ जो उन्हें करनी थी वह थी मिठाई खाना

Esto causó algo de ruido y confusión

इससे कुछ शोर और भ्रम पैदा हुआ

Los grandes pájaros se quejaban de que no podían saborear sus dulces

बड़े पक्षियों ने शिकायत की कि वे अपनी मिठाई का स्वाद नहीं ले सकते

Los pequeños se ahogaron y hubo que darles palmaditas en la espalda

छोटे लोगों का दम घुट गया और उन्हें पीठ पर थपथपाना पड़ा

Sin embargo, al fin se acabó

हालाँकि, यह अंत में खत्म हो गया था

y se sentaron de nuevo en un anillo

और वे फिर से एक अंगूठी में बैठ गए

Y le rogaron al ratón que les dijera algo más

और उन्होंने चूहे से विनती की कि वह उन्हें कुछ और बताए

—Prometiste contarme tu historia, ¿sabes? —dijo Alicia—

"आपने मुझे अपना इतिहास बताने का वादा किया था, आप जानते

हैं," एलिस ने कहा

E hizo otro pequeño comentario sobre los gatos en un susurro

और उसने कानाफूसी में बिल्लियों के बारे में एक और छोटी सी टिप्पणी की

No quería volver a ofender al ratón

वह फिर से चूहे को नाराज नहीं करना चाहती थी

el ratoncito se volvió hacia Alicia y suspiró

छोटा चूहा ऐलिस की ओर मुड़ा और आह भरी

—¡La mía es una larga y triste historia!

"मेरी एक लंबी और दुखद कहानी है!"

—Es una cola larga, sin duda —dijo Alicia—

"यह एक लंबी पूंछ है, निश्चित रूप से," एलिस ने कहा

Y miró con asombro la cola del ratón

और उसने आश्चर्य से चूहे की पूंछ की ओर देखा

—¿Pero por qué le llamas cola triste?

"लेकिन आप इसे उदास पूंछ क्यों कहते हैं?"

Y ella seguía desconcertada al respecto mientras el ratón hablaba

और वह इसके बारे में परेशान करती रही, जबकि चूहा बोल रहा था

de modo que su idea del cuento era más o menos así

ताकि कहानी के बारे में उसका विचार कुछ इस तरह हो

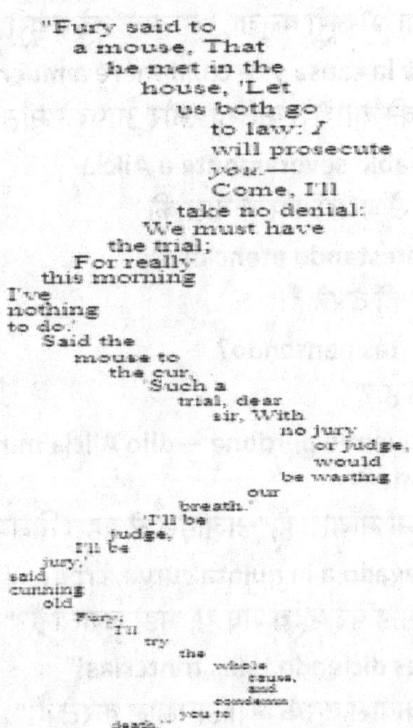

Furia le dijo a un ratón: "Que se encontró en la casa"

रोष ने एक चूहे से कहा, कि वह घर में मिला था"

Vayamos los dos a la ley: yo te procesaré

हम दोनों कानून के पास जाएं: मैं आप पर मुकदमा चलाऊंगा

Vamos, no aceptaré ninguna negación: debemos tener el juicio

आओ, मैं कोई इनकार नहीं करूंगा: हमारे पास परीक्षण होना चाहिए

Porque realmente esta mañana no tengo nada que hacer

वास्तव में आज सुबह के लिए मेरे पास करने के लिए कुछ नहीं है

Dijo el ratón al cur;

चूहे ने कर्र से कहा;

Un juicio así, querido señor, sin jurado ni juez, sería una pérdida de aliento

इस तरह के एक परीक्षण, प्रिय महोदय, कोई जूरी या न्यायाधीश के साथ, हमारी सांस बर्बाद कर रहा होगा

—Seré juez, seré jurado —dijo el astuto viejo Fury—

"मैं जज बनूंगा, मैं जूरी बनूंगा," चालाक बूढ़े फ्यूरी ने कहा

Juzgaré toda la causa y te condenaré a muerte

मैं पूरे कारण की कोशिश करूंगा, और आपको मौत की सजा दूंगा

el ratón le habló severamente a Alicia

चूहे ने एलिस से गंभीर रूप से बात की

"¡No estás prestando atención!"

"आप ध्यान नहीं दे रहे हैं!"

—¿En qué estás pensando?

"क्या सोच रहे हो?"

—Le ruego que me perdone —dijo Alicia muy humildemente—

"मैं आपसे क्षमा माँगता हूँ," अलाइस ने बहुत विनम्रता से कहा

— ¿Habías llegado a la quinta curva, creo?

"आप पांचवें मोड़ पर पहुंच गए थे, मुझे लगता है?"

"¡Me insultas diciendo tales tonterías!"

"आप ऐसी बकवास करके मेरा अपमान करते हैं!"

Y el ratón se levantó y se alejó

और चूहा उठकर चला गया

Alicia llamó al ratoncito

ऐलिस ने छोटे चूहे के बाद बुलाया

"¡Por favor, regresa y termina tu historia!"

"कृपया वापस आओ और अपनी कहानी खत्म करो!

Y todos los demás se unieron a coro

और अन्य सभी कोरस में शामिल हो गए

"¡Sí, por favor, termine su historia!"

"हाँ, प्लीज़ अपनी कहानी खत्म करो!

Pero el ratón se limitó a negar con la cabeza con impaciencia

लेकिन चूहे ने केवल अधीरता से अपना सिर हिला दिया

Y el ratoncito caminó un poco más rápido

और छोटा चूहा थोड़ा तेज चला गया

—¡Ojalá tuviera aquí a Dinah, nuestra gata! —dijo Alicia—

"काश मेरे पास दीना, हमारी बिल्ली, यहाँ होती!" एलिस ने कहा

Esto causó una notable sensación entre el grupo

इससे पार्टी में उल्लेखनीय सनसनी फैल गई

Algunos de los pájaros se apresuraron a huir de inmediato

कुछ पक्षी तुरंत चले गए

y un canario gritó con voz temblorosa a sus hijos;

और एक कैनरी ने कांपते हुए आवाज में अपने बच्चों को पुकारा;

—¡Váyanse, queridos míos!

"चले जाओ, मेरे प्यारे!"

"¡Ya es hora de que estén todos en la cama!"

"यह उच्च समय है जब आप सभी बिस्तर पर थे!"

Con varias excusas se fueron todos

तरह-तरह के बहाने बनाकर वे सब चले गए

y Alicia no tardó en quedarse sola

और ऐलिस जल्द ही अकेला रह गया था

—¡Ojalá no hubiera mencionado a Dinah!

"काश मैंने दीना का जिक्र नहीं किया होता!"

"Parece que a nadie le gusta aquí abajo"

"कोई भी उसे यहाँ पसंद नहीं करता है"

—¡Pero estoy seguro de que es la mejor gata del mundo!

"लेकिन मुझे यकीन है कि वह दुनिया की सबसे अच्छी बिल्ली है!

La pobre Alicia se echó a llorar de nuevo

बेचारी ऐलिस फिर से रोने लगी

porque se sentía muy sola y desanimada

क्योंकि वह बहुत अकेला और कम उत्साही महसूस करती थी

Al cabo de un rato, sin embargo, volvió a oír algo

लेकिन थोड़ी देर में उसे फिर कुछ सुनाई दिया

un pequeño golpeteo de pasos a lo lejos

दूरी में कदमों की एक छोटी सी थपथपाना

Y ella miró hacia arriba ansiosamente

और उसने उत्सुकता से ऊपर देखा

El conejo manda al pequeño Sr. Bill
खरगोश थोड़ा मिस्टर बिल में भेजता है

Era el conejo blanco, que volvía trotando lentamente

यह सफेद खरगोश था, धीरे-धीरे फिर से वापस आ रहा था

Miraba a su alrededor ansiosamente mientras se alejaba

जाते-जाते वह उत्सुकता से इधर-उधर देख रहा था

Parecía como si hubiera perdido algo

उसे ऐसा लग रहा था जैसे उसने कुछ खो दिया हो

Alicia le oyó murmurar para sí misma

एलिस ने उसे खुद से गुनगुनाते हुए सुना

—¡La duquesa! ¡La duquesa! ¡Oh, mis queridas patas!

"डचेस! डचेस! ओह, मेरे प्यारे पंजे!"

—¡Oh, mi pelo y mis bigotes!

"ओह, मेरे फर और मूंछ!"

"Ella hará que me ejecuten, estoy seguro de eso"

"वह मुझे मार डालेगी, मुझे इस बात का यकीन है"

—¡Tan cierto como que los hurones son hurones!

"बस के रूप में यकीन है कि फेरेट्स फेरेट्स हैं!"

"¿Dónde puedo haber dejado mis cosas, me pregunto?"
"मैं अपनी चीजें कहां गिरा सकता हूं, मुझे आश्चर्य है?"
Alicia adivinó en un momento lo que estaba buscando
एलिस ने एक पल में अनुमान लगाया कि वह क्या ढूंढ रहा था
Buscaba el abanico de plumas
वह पंख पंखे की तलाश में था
Y buscaba el par de guantes blancos
और वह सफेद दस्ताने की जोड़ी की तलाश में था
Así que ella, muy bondadosamente, comenzó a buscar los guantes
इसलिए वह बहुत अच्छे स्वभाव से दस्ताने की तलाश करने लगी
Y también buscó el abanico de plumas
और उसने पंख पंखे की भी तलाश की
Pero los guantes y el abanico de plumas no se veían por ninguna parte
लेकिन दस्ताने और पंख पंखे कहीं नहीं दिखे
Todo parecía haber cambiado desde que se bañó en la piscina
पूल में तैरने के बाद से सब कुछ बदल गया था
Nada era igual desde que estaba en el Gran Salón
जब से वह ग्रेट हॉल में थी, तब से कुछ भी पहले जैसा नहीं था
y la mesa de cristal había desaparecido
और कांच की मेज गायब हो गई थी
Y la puertecita tampoco estaba allí
छोटा दरवाजा भी वहां नहीं था
Muy pronto el conejo se fijó en Alicia
बहुत जल्द खरगोश ने ऐलिस को देखा
—la llamó en tono airado
उसने गुस्से में उसे बुलाया
—Mary Ann, ¿qué haces aquí?
"मैरी एन, तुम यहाँ क्या कर रही हो?
"Corre a casa en este momento"

"इस पल घर भागो"

—¡Y tráeme un par de guantes y un abanico de plumas!

"और मुझे दस्ताने और पंख प्रशंसक की एक जोड़ी लाओ!"

—¡Y date prisa!

"और इसके बारे में जल्दी करो!"

Alicia se habló a sí misma mientras salía corriendo

एलिस ने भागते हुए खुद से बात की

—¡Debe de haberme confundido con su criada!

"उसने मुझे अपनी घरेलू नौकरानी समझ लिया होगा!"

"¡Qué sorpresa se quedará cuando se entere de quién soy!"

"वह कितना आश्चर्यचकित होगा जब उसे पता चलेगा कि मैं कौन हूं!"

Al decir esto, se encontró con una casita pulcra

यह कहते हुए वह एक साफ-सुथरे छोटे से घर पर आ गई

En la puerta de la casa había una placa de bronce brillante

घर के दरवाजे पर एक चमकीली पीतल की प्लेट थी

"W. CONEJO"

"डब्ल्यू खरगोश"

Entró sin llamar a la puerta

वह दरवाजा खटखटाए बिना अंदर चली गई

Y se apresuró a subir las escaleras

और वह जल्दी से सीधे ऊपर की ओर बढ़ गई

le preocupaba conocer a la verdadera Mary Ann

उसे चिंता थी कि वह असली मैरी एन से मिल सकती है

porque entonces la echarían de la casa

क्योंकि तब उसे घर से बाहर कर दिया जाएगा

Y no sería capaz de encontrar el abanico de plumas y los guantes

और वह पंख पंखे और दस्ताने खोजने में सक्षम नहीं होगी

Alicia había encontrado el camino hacia una pequeña habitación ordenada

ऐलिस ने एक साफ छोटे कमरे में अपना रास्ता खोज लिया था

En la habitación había una mesa junto a la ventana

कमरे में खिड़की के पास एक मेज थी

y sobre la mesa había un abanico de plumas

और मेज पर एक पंख प्रशंसक था

Y había dos o tres pares de diminutos guantes blancos

और छोटे सफेद दस्ताने के दो या तीन जोड़े थे

Cogió el abanico de plumas y un par de guantes

उसने पंख पंखे और दस्ताने की एक जोड़ी उठाई

Y estaba a punto de salir de la habitación

और वह कमरे से बाहर निकलने ही वाली थी

Pero entonces sus ojos se posaron en una botellita

लेकिन तभी उसकी नजर एक छोटी बोतल पर पड़ी

Descorchó la botella y se la llevó a los labios

उसने बोतल को खोल दिया और अपने होंठों से लगा लिया

"Espero que me haga crecer de nuevo"

"मुझे उम्मीद है कि यह मुझे फिर से बड़ा कर देगा"

"¡Estoy cansada de ser una cosita tan pequeña!"

"मैं इतनी छोटी सी चीज होने से थक गया हूँ!"

Alicia apenas se había bebido la mitad de la botella

एलिस ने मुश्किल से आधी बोतल पी ली थी

Su cabeza ya estaba presionada contra el techo

उसका सिर पहले से ही छत के खिलाफ दबा रहा था

Y tuvo que agacharse

और उसे नीचे झुकना पड़ा

para salvar su cuello de ser roto

उसकी गर्दन को टूटने से बचाने के लिए

Dejó apresuradamente la botella

उसने जल्दी से बोतल नीचे रख दी

"Con eso basta"

"यह काफी है"

"Espero no crecer más"
"मुझे आशा है कि मैं अब और नहीं बढ़ूंगा"
¡Ay! ¡Era demasiado tarde para desearlo!
हाय! यह इच्छा करने के लिए बहुत देर हो चुकी थी!
Ella siguió creciendo y creciendo
वह बढ़ती और बढ़ती चली गई
y muy pronto tuvo que arrodillarse en el suelo
और बहुत जल्द उसे फर्श पर घुटने टेकने पड़े
Y aun así siguió creciendo
और फिर भी वह बढ़ती चली गई
Como último recurso, sacó un brazo por la ventana
अंतिम संसाधन के रूप में उसने एक हाथ खिड़की से बाहर रखा
Y metió un pie por la chimenea
और उसने एक पैर चिमनी के ऊपर रख दिया
"Ahora no puedo hacer más, pase lo que pase"
"अब मैं और अधिक नहीं कर सकता, चाहे कुछ भी हो जाए"
—¿Qué será de mí?
"मेरा क्या होगा?"

Alicia tuvo un poco de suerte

ऐलिस के पास भाग्य का एक स्थान था

La pequeña botella mágica había tenido todo su efecto

छोटी जादू की बोतल का पूरा असर हो चुका था

y Alicia no creció más de lo que era

और ऐलिस उससे बड़ी नहीं हुई

Al cabo de unos minutos oyó una voz en el exterior

कुछ मिनटों के बाद उसने बाहर एक आवाज सुनी

Y se detuvo a escuchar la voz

और वह आवाज सुनने के लिए रुक गई

—¡María Ana! ¡Mary Ann! -dijo la voz-

"मैरी एन! मैरी एन!" आवाज ने कहा

"¡Tráeme mis guantes en este momento!"

"मुझे इस पल मेरे दस्ताने लाओ!"

Luego se oyó un pequeño golpeteo de pies en la escalera

फिर सीढ़ियों पर पैरों की थोड़ी थपकी आई

Alicia supo que era el conejo que venía a buscarla

ऐलिस जानती थी कि यह खरगोश उसकी तलाश में आ रहा है

Y tembló hasta hacer temblar la casa

और वह तब तक कांपती रही जब तक उसने घर को हिला नहीं दिया

Se olvidó por completo de sus proporciones

वह बिल्कुल भूल गई कि उसका अनुपात क्या था

Era mil veces más grande que el conejo

वह खरगोश से हजार गुना बड़ी थी

Y no tenía por qué temer a un conejo

और उसके पास खरगोश से डरने का कोई कारण नहीं था

De pronto, el conejo se acercó a la puerta

अब खरगोश दरवाजे तक आ गया

Y el conejito trató de abrir la puerta

और छोटे खरगोश ने दरवाजा खोलने की कोशिश की

La puerta comenzó a abrirse hacia adentro

दरवाजा अंदर की ओर खुलने लगा
pero el codo de Alicia estaba apretado con fuerza contra la puerta
लेकिन ऐलिस की कोहनी दरवाजे के खिलाफ जोर से दबाई गई थी
Ese intento resultó un fracaso
यह प्रयास विफल साबित हुआ
Alicia oyó que el conejo se hablaba a sí mismo
एलिस ने खरगोश को खुद से बात करते सुना
"Entonces daré la vuelta y entraré por la ventana"
"तो फिर मैं चारों ओर जाकर खिड़की से अंदर आऊंगा"
«¡Que no lo harás!», pensó Alicia
"यह आप नहीं करेंगे!" अलाइस ने सोचा
Y volvió a esperar un poco
और उसने फिर से थोड़ा इंतजार किया
Pronto oyó al conejo justo debajo de la ventana
जल्द ही उसने खिड़की के नीचे खरगोश को सुना
De repente extendió la mano
उसने अचानक अपना हाथ फैला दिया
Y ella hizo un arrebato en el aire
और उसने हवा में एक झपट लिया
No se apoderó de nada
उसे कुछ भी पकड़ में नहीं आया
Pero oyó un pequeño alarido y una caída
लेकिन उसने थोड़ी चीख और गिरने की आवाज सुनी
Y oyó el estrépito de cristales rotos
और उसने टूटे हुए कांच की एक दुर्घटना सुनी
Tal vez el conejo se había caído
शायद खरगोश गिर गया था
Tal vez estaba en un invernadero
शायद वह ग्रीन हाउस में था
Luego se oyó una voz airada; La voz del conejo

इसके बाद गुस्से की आवाज आई; खरगोश की आवाज

"Pat, ¿dónde estás?"

"पैट, तुम कहाँ हो?"

Y entonces llegó una voz que nunca antes había oído

और फिर एक आवाज आई जो उसने पहले कभी नहीं सुनी थी

"¡Su señoría, estoy aquí!"

"हुजूर, मैं यहाँ हूँ!"

"Estoy cavando en busca de manzanas"

"मैं सेब के लिए खुदाई कर रहा हूँ"

"¡Aquí! ¡Ven y ayúdame a salir de esto!"

"यहाँ! आओ और इससे बाहर निकलने में मेरी मदद करो!"

—Ahora dime, Pat, ¿qué es eso que hay en la ventana?

"अब मुझे बताओ, पैट, खिड़की में क्या है?"

"Claro, su señoría, se lo diré"

"ज़रूर, हुज़ूर, मैं आपको बताता हूँ"

"¡Es un brazo que está en la ventana!"

"यह एक हाथ है जो खिड़की में है!"

"Bueno, un brazo no tiene nada que hacer allí"

"ठीक है, एक हाथ का वहां कोई व्यवसाय नहीं है"

"¡Ve y quítate el brazo!"

"जाओ और हाथ ले लो!"

Hubo un largo silencio después de esto

इसके बाद एक लंबी चुप्पी थी

y Alicia sólo podía oír susurros de vez en cuando

और ऐलिस केवल कभी-कभी फुसफुसाते हुए सुन सकती थी

Y, por fin, volvió a extender la mano

और अंत में उसने फिर से अपना हाथ फैला दिया

Y ella hizo otro arrebato en el aire

और उसने हवा में एक और झपकी ली

Esta vez hubo dos pequeños chillidos

इस बार दो छोटी-छोटी चीखें थीं

y se escucharon más sonidos de vidrios rotos

और टूटे शीशे की आवाज़ें ज्यादा आ रही थीं

«¡Me pregunto qué harán ahora!», pensó Alicia

"मुझे आश्चर्य है कि वे आगे क्या करेंगे!" अलाइस ने सोचा

"Ojalá me sacaran por la ventana"

"काश वे मुझे खिड़की से बाहर खींच लेते"

Esperó un buen rato

उसने कुछ देर इंतजार किया

Pero durante un rato no oyó nada más

लेकिन थोड़ी देर के लिए उसने कुछ और नहीं सुना

Por fin se oyó el estruendo de unas ruedas

अंत में छोटे पहियों की गड़गड़ाहट आई

Y se oyó el sonido de muchas voces

और वहाँ एक अच्छी कई आवाज़ें आईं

Todas las voces hablaban al unísono

सभी आवाज़ें एक साथ बोल रही थीं

Pudo distinguir algunas de las palabras

वह कुछ शब्दों को समझ सकती थी

—¿Dónde está la otra escalera?

"दूसरी सीढ़ी कहाँ है?

"Bill tiene la otra escalera"

"बिल को दूसरी सीढ़ी मिल गई है"

"¡Bill, ven aquí!"

"बिल, इधर आओ!"

—¿Soportará el techo la carga?

"क्या छत का बोझ सहन होगा?"

—¿Quién quiere bajar por la chimenea?

"चिमनी के नीचे कौन जाना चाहता है?"

—¡No, no lo haré! ¡Tú lo haces!"

"नहीं, मैं नहीं करूँगा! तुम कर दो!"

—¡Aquí, Bill!

"यहाँ, बिल!"

"¡El maestro dice que tienes que bajar por la chimenea!"

मास्टर का कहना है कि आप चिमनी नीचे जाने के लिए मिल गया है!

Alicia arrastró el pie por la chimenea todo lo que pudo

एलिस ने अपने पैर को चिमनी के नीचे तक खींचा जितना वह कर सकती थी

Y luego esperó a ver lo que venía

और फिर वह इंतजार कर रही थी कि क्या आ रहा था

Escuchó a un animalito arañar y revolver

उसने एक छोटे जानवर को खरोंचने और हाथापाई करने की आवाज सुनी

El animalito debe estar en la chimenea

छोटा जानवर चिमनी में होना चाहिए

Luego dio una fuerte patada

फिर उसने एक तेज किक दी

Y esperó a ver qué pasaría después

और वह इंतजार कर रही थी कि आगे क्या होगा

Oyó un coro general de voces

उसने आवाज़ों का एक सामान्य कोरस सुना

"¡Ahí va Bill!", dijeron todos

"बिल जाता है!" वे सभी ने कहा

Entonces oyó solo la voz del conejo

तभी उसे अकेले में खरगोश की आवाज सुनाई दी

"¡Tú por el seto, atrápalo!"

"तुम बाड़े से, उसे पकड़ो!"

Hubo otro momento de silencio

मौन का एक और क्षण था

Y entonces hubo otra confusión de voces

और फिर आवाज़ों का एक और भ्रम था

"Levanta la cabeza, Brandy"

"उसका सिर पकड़ो, ब्रांडी"

"Ten cuidado de no asfixiarlo"

"सावधान रहें कि उसका गला न घोंट दें"

—¿Qué te pasó?

"क्या हुआ है तुम्हें?"

Por último, llegó una vocecita débil y chillona

अंत में एक छोटे से कमजोर, कर्कश आवाज आया

"Bueno, ya casi no sé"

"ठीक है, मैं शायद ही और अधिक नहीं जानता"

"Gracias a todos, ahora estoy mejor"

"आप सभी को धन्यवाद, मैं अब बेहतर हूं"

"Hay una cosa que puedo recordar"

"एक बात है जो मैं याद रख सकता हूं"

"Algo viene hacia mí como un tren en un túnel"

"कुछ मेरे पास आता है जैसे सुरंग में ट्रेन की तरह"

"¡Y vuelo hacia arriba como un cohete!"

"और ऊपर मैं एक आकाश-रॉकेट की तरह उड़ता हूं!"

Hubo uno o dos minutos de silencio

एक-दो मिनट का मौन था

Y entonces empezaron a moverse de nuevo

और फिर वे फिर से आगे बढ़ने लगे

y Alicia oyó hablar de nuevo al Conejo

और एलिस ने खरगोश को फिर से बोलते हुए सुना

"Un túmulo servirá, para empezar"

"एक बैरोफुल करेगा, शुरू करने के लिए"

«¿Un túmulo lleno de qué?», pensó Alicia

"किस बात का एक बैरोफुल?" अलाइस ने सोचा

Pero no la mantuvieron en suspenso por mucho tiempo

लेकिन उन्हें लंबे समय तक सस्पेंस में नहीं रखा गया

Una lluvia de guijarros entró por la ventana

खिड़की से छोटे-छोटे कंकड़ों की बौछार आई

Y algunas de las piedrecitas le golpearon en la cara

और कुछ छोटे कंकड़ उसके चेहरे पर टकराए

Alicia se sorprendió por los guijarros

एलिस छोटे कंकड़ के बारे में आश्चर्यचकित था

Todos los guijarros se estaban convirtiendo en pasteles

सभी छोटे कंकड़ केक में बदल रहे थे

Y una idea brillante se le ocurrió

और एक उज्ज्वल विचार उसके सिर में आया

"Debería comerme uno de estos pasteles"

"मुझे इनमें से एक केक खाना चाहिए"

"El pastel seguramente hará algún cambio en mi tamaño"

"केक मेरे आकार में कुछ बदलाव करने के लिए निश्चित है"

Así que se tragó uno de los pasteles

इसलिए उसने केक में से एक को निगल लिया

Y se alegró al descubrir que empezaba a encogerse

और वह यह जानकर खुश थी कि वह सिकुड़ने लगी है

Pronto fue lo suficientemente pequeña como para pasar por la puerta

जल्द ही वह दरवाजे के माध्यम से प्राप्त करने के लिए काफी छोटा था

Salió corriendo de la casa

वह घर से बाहर भागी

Una multitud de animalitos y pájaros esperaban afuera

नन्हें पशु-पक्षियों की भीड़ बाहर इंतजार कर रही थी

todos los pajaritos y animales se abalanzaron sobre Alicia

सभी छोटे पक्षी और जानवर ऐलिस पर दौड़े

Pero ella huyó lo más rápido que pudo

लेकिन वह जितनी तेजी से भाग सकती थी उतनी तेजी से भाग गई

Y pronto se encontró a salvo en un espeso bosque

और जल्द ही उसने खुद को एक मोटी लकड़ी में सुरक्षित पाया

Alicia vagaba por el bosque

ऐलिस जंगल में भटकती रही

Y pensó para sí misma:

और उसने मन ही मन सोचा:

"Sé lo que tengo que hacer primero"

"मुझे पता है कि मुझे पहले क्या करना है"

"Primero tengo que volver a crecer hasta el tamaño adecuado"

"पहले मुझे फिर से अपने सही आकार में बढ़ना होगा"

"Y luego tengo que encontrar mi camino hacia ese hermoso jardín"

"और फिर मुझे उस प्यारे बगीचे में अपना रास्ता खोजना होगा"

"Supongo que debería comer o beber una cosa u otra"

"मुझे लगता है कि मुझे कुछ या अन्य खाना या पीना चाहिए"

"Pero la pregunta es ¿qué debo comer o beber?"

"लेकिन सवाल यह है कि मुझे क्या खाना या पीना चाहिए?

Alicia miró a su alrededor las flores

एलिस ने अपने चारों ओर फूलों को देखा

Y miró a través de las briznas de hierba

और उसने घास के ब्लेड के माध्यम से देखा

pero no podía ver nada de comer ni de beber

लेकिन उसे खाने-पीने को कुछ दिखाई नहीं दे रहा था

Nada parecía ser lo adecuado para comer o beber

खाने या पीने के लिए कुछ भी सही नहीं लग रहा था

Había un gran hongo creciendo cerca de ella

उसके पास एक बड़ा मशरूम उग रहा था

el hongo tenía aproximadamente la misma altura que Alicia

मशरूम ऐलिस के समान ऊंचाई के बारे में था

Se estiró de puntillas

उसने खुद को टिप्पीटो पर फैलाया

Y se asomó por el borde del hongo

और उसने मशरूम के किनारे पर झांका

Sus ojos se encontraron inmediatamente con los ojos de una gran oruga azul

उसकी आँखें तुरंत एक बड़े नीले कैटरपिलर की आँखों से मिलीं

La oruga estaba sentada en la parte superior del hongo

कैटरपिलर मशरूम के शीर्ष पर बैठा था

y la oruga se había cruzado de brazos

और कैटरपिलर ने अपनी सभी बाहों को पार कर लिया था

Y estaba fumando tranquilamente una larga cachimba

और वह चुपचाप एक लंबा हुक्का पी रहा था

y no hizo la menor atención a nada

और उसने किसी भी चीज का जरा भी नोटिस नहीं लिया

y ciertamente no le prestó atención a Alicia

और उसने निश्चित रूप से ऐलिस पर ध्यान नहीं दिया

Consejos de una oruga
एक कैटरपिलर से सलाह

Por fin, la oruga se quitó la pipa de la boca

अंत में कैटरपिलर ने हुक्का अपने मुंह से निकाल लिया

y se dirigió a Alicia con voz lánguida y soñolienta

और उसने एलिस को एक सुस्त, नींद वाली आवाज में संबोधित किया

—¿Quién eres? —preguntó la oruga

"तुम कौन हो?" कैटरपिलर ने कहा

Alicia respondió, con cierta timidez: "No lo sé, señor"

एलिस ने जवाब दिया, बल्कि शर्माते हुए, "मुझे शायद ही पता है, सर"

"Justo en este momento está todo un poco..."

"बस इस समय यह सब थोड़ा सा है ..."

"Sé quién era cuando me levanté esta mañana"

"मुझे पता है कि मैं आज सुबह उठने पर कौन था"

"pero creo que debo haber cambiado varias veces desde entonces"

"लेकिन मुझे लगता है कि मैं तब से कई बार बदल गया होगा"

—¿Qué quieres decir con eso? —dijo la oruga—

"इससे तुम्हारा क्या मतलब है?" कैटरपिलर ने कहा

Con severidad, la oruga le pidió que se explicara

सख्ती से कैटरपिलर ने उसे खुद को समझाने के लिए कहा

—Me temo que no puedo explicarme, señor —dijo Alicia—

"मैं खुद को समझा नहीं सकता, मुझे डर है, सर," एलिस ने कहा

"porque no soy yo mismo"

"क्योंकि मैं खुद नहीं हूं"

"Verás, tener tantos tamaños diferentes en un día es muy confuso"

"आप देखते हैं, एक दिन में इतने सारे अलग-अलग आकार होना बहुत भ्रमित करने वाला है"

Se incorporó y dijo muy gravemente:

उसने खुद को ऊपर खींच लिया और बहुत गंभीरता से कहा:

"Creo que primero deberías decirme quién eres"

"मुझे लगता है कि आपको मुझे बताना चाहिए कि आप कौन हैं, पहले"

"¿Por qué?", dijo la oruga

"क्यों?" कैटरपिलर ने कहा

Alicia no se le ocurría ninguna buena razón

ऐलिस किसी भी अच्छे कारण के बारे में नहीं सोच सकता था

Y la oruga parecía estar en un estado de ánimo muy desagradable

और कैटरपिलर मन की एक बहुत ही अप्रिय स्थिति में लग रहा था

Así que se dio la vuelta

इसलिए उसने मुंह फेर लिया

"¡Vuelve!", la oruga la llamó

"वापस आ जाओ!" कैटरपिलर ने उसके बाद बुलाया

"¡Tengo algo importante que decir!"

"मुझे कुछ महत्वपूर्ण कहना है!"

Alicia se dio la vuelta y volvió otra vez

एलिस मुड़ी और फिर से वापस आ गई

—Mantén la calma —dijo la oruga—

"अपना गुस्सा रखो," कैटरपिलर ने कहा

-¿Eso es todo? -preguntó Alicia

"बस इतना ही?" अलाइस ने कहा

Y se tragó su rabia lo mejor que pudo

और उसने अपने गुस्से को निगल लिया जितना वह कर सकती थी

—No —dijo la oruga—

"नहीं," कैटरपिलर ने कहा

La oruga desplegó sus brazos

कैटरपिलर ने अपनी बाहों को खोल दिया

Y volvió a sacarse la pipa de la boca

और उसने फिर से अपने मुंह से हुक्का निकाल लिया

y él dijo: "Así que Ud. piensa que Ud. ha cambiado, ¿verdad?"

और उसने कहा, "तो आपको लगता है कि आप बदल गए हैं, क्या आप?

—Me temo, he cambiado, señor —dijo Alicia—

"मुझे डर है, मैं बदल गया हूँ, सर," एलिस ने कहा

"No puedo recordar las cosas como solía recordarlas"

"मैं चीजों को याद नहीं कर सकता क्योंकि मैं उन्हें याद करता था।

"¡Y no me quedo del mismo tamaño por más de diez minutos!"

"और मैं दस मिनट से अधिक समय तक एक ही आकार में नहीं रहता!"

"¿Qué tamaño quieres tener?", preguntó la oruga

"आप किस आकार का होना चाहते हैं?" कैटरपिलर ने पूछा

—Oh, no me importa especialmente el tamaño que tenga —respondió Alicia apresuradamente—

"ओह, मुझे विशेष रूप से कोई फर्क नहीं पड़ता कि मैं किस आकार का हूं," एलिस ने जल्दबाजी में उत्तर दिया

"Simplemente no me gusta cambiar de tamaño tan a

menudo, ya sabes"

"मुझे इतनी बार आकार बदलना पसंद नहीं है, आप जानते हैं"

"Me gustaría ser un poco más grande, señor"

"मैं थोड़ा बड़ा होना चाहता हूं, सर"

—Si no te importa —añadió Alicia—

"अगर आप बुरा नहीं मानेंगे," ऐलिस ने कहा

"Diez centímetros es una altura tan miserable para ser"

"दस सेंटीमीटर इतनी मनहूस ऊंचाई है"

-¡Es una altura muy buena! -exclamó la oruga con rabia-

"यह वास्तव में एक बहुत अच्छी ऊंचाई है!" कैटरपिलर ने गुस्से से कहा

Y se irguió mientras hablaba

और बोलते-बोलते वह सीधा हो गया

Medía exactamente diez centímetros de alto

वह ठीक दस सेंटीमीटर ऊंचा था

En uno o dos minutos, la oruga bajó del hongo

एक या दो मिनट में, कैटरपिलर मशरूम से नीचे उतर गया

Y se arrastró por la hierba

और वह घास में रेंगता हुआ चला गया

Al alejarse, hizo algunas pequeñas observaciones

जाते-जाते उन्होंने कुछ छोटी-छोटी बातें कीं

"Un lado te hará crecer más alto"

"एक तरफ आपको लंबा कर देगा"

"Y el otro lado te hará acortar"

"और दूसरी तरफ आपको छोटा कर देगा"

«¿Un lado de qué?», pensó Alicia para sí misma

"किस बात का एक पक्ष?" अलाइस ने मन ही मन सोचा

—¿El otro lado de qué?

"किस बात का दूसरा पक्ष?"

—El costado del hongo —dijo la oruga—

"मशरूम का किनारा," कैटरपिलर ने कहा

Era como si hubiera hecho su pregunta en voz alta

यह ऐसा था जैसे उसने अपना सवाल जोर से पूछा हो

Y en otro momento, se perdió de vista

और एक और पल में, वह दृष्टि से बाहर था

Alicia se quedó mirando pensativa el hongo

एलिस मशरूम को सोच-समझकर देखती रही

Estaba tratando de distinguir cuáles eran los dos lados del hongo

वह यह पता लगाने की कोशिश कर रही थी कि मशरूम के दो पहलू कौन से हैं

Por fin, estiró los brazos alrededor de la seta

अंत में उसने मशरूम के चारों ओर अपनी बाहें फैलाईं

Y rompió un poco los bordes

और उसने किनारों को थोड़ा तोड़ दिया

"Y ahora, ¿qué lado es cuál?", se dijo a sí misma

"और अब, कौन सा पक्ष है?" उसने खुद से कहा

Y mordisqueó un poco de la parte de la mano derecha

और उसने दाहिने हाथ के बिट को थोड़ा सा कुतर दिया

Al momento siguiente sintió un violento golpe debajo de la barbilla

अगले ही पल उसे अपनी ठुड्डी के नीचे एक जोरदार झटका महसूस हुआ

¡Su barbilla había golpeado su pie!

उसकी ठुड्डी उसके पैर से टकरा गई थी!

Estaba bastante asustada por este cambio tan repentino

वह इस अचानक बदलाव से काफी डर गई थी

Se estaba encogiendo muy rápidamente

वह बहुत तेजी से सिकुड़ रही थी

Así que rápidamente se comió un poco del otro trozo de champiñón

इसलिए उसने जल्दी से मशरूम के कुछ अन्य टुकड़े खा लिए

Su barbilla estaba muy presionada contra su pie

उसकी ठोड़ी उसके पैर के खिलाफ बहुत बारीकी से दबाई गई थी

Apenas había espacio para abrir la boca

उसके मुंह को खोलने के लिए मुश्किल से जगह थी

Pero al fin logró abrir la boca

लेकिन उसने आखिरकार अपना मुंह खोलने का प्रबंधन किया

Y tragó un bocado del pedazo de la mano izquierda

और उसने बाएं हाथ का एक निवाला निगल लिया

-¡Por fin me han liberado la cabeza! -exclamó Alicia-

"मेरा सिर आखिरकार मुक्त हो गया है!" एलिस ने कहा

Se miró a sí misma

उसने खुद को नीचे देखा

Pero todo lo que podía ver era una inmensa longitud de cuello

लेकिन वह केवल गर्दन की एक विशाल लंबाई देख सकती थी

Su cuello parecía elevarse como un tallo

उसकी गर्दन डंठल की तरह उठती हुई लग रही थी

Y miró hacia abajo sobre un mar de hojas verdes

और वह हरी पत्तियों के समुद्र पर नीचे देखा

—¿A dónde han llegado mis hombros?

"मेरे कंधे कहाँ तक पहुँच गए हैं?"

"Y oh, mis pobres manos, ¿cómo es que no puedo verte?"

"और ओह, मेरे गरीब हाथ, यह कैसे है कि मैं आपको नहीं देख सकता?"

Pero su cuello tenía un beneficio

लेकिन उसकी गर्दन का एक फायदा था

Podía mover la cabeza en cualquier dirección

वह अपना सिर किसी भी दिशा में ले जा सकता था

De hecho, era como una serpiente

वास्तव में, वह एक सर्प की तरह थी

Ella zigzagueó con gracia con la cabeza hacia abajo

उसने इनायत से अपना सिर नीचे कर लिया
Y movió la cabeza entre los árboles
और उसने अपना सिर पेड़ों के बीच से घुमाया
Pero entonces oyó un silbido agudo
लेकिन फिर उसने एक तेज फुफकार सुनी
Y rápidamente echó la cabeza hacia atrás
और उसने जल्दी से अपना सिर पीछे खींच लिया
Una gran paloma había volado hacia su cara
एक बड़ा कबूतर उसके चेहरे पर उड़ गया था
y la paloma se agitó violentamente con sus alas
और कबूतर अपने पंखों के साथ हिंसक था

-¡Serpiente! -exclamó la paloma-
"सर्प!" कबूतर चिल्लाया
-¡No soy una serpiente! -exclamó Alicia indignada-
"मैं एक नागिन नहीं हूँ!" अलाइस ने गुस्से में कहा

"¡Déjame en paz!"

"मुझे अकेला छोड़ दो!"

"He probado las raíces de los árboles"

"मैंने पेड़ों की जड़ों की कोशिश की है"

—Y he probado setos —prosiguió la paloma—

"और मैंने हेजेज की कोशिश की है," कबूतर चला गया

—¡Pero esas serpientes! ¡No hay forma de complacerlos!"

"लेकिन वे सांप! उन्हें कोई प्रसन्न नहीं करता है!

Alicia estaba cada vez más desconcertada

ऐलिस अधिक से अधिक हैरान थी

-Como si ya fuera bastante trabajo incubar los huevos -dijo la paloma-

कबूतर ने कहा, "जैसे कि अंडे सेने में काफी परेशानी नहीं हुई

—¡De noche y de día también tengo que estar atento a las serpientes!

"रात और दिन मुझे सांपों की भी तलाश करनी चाहिए!"

"Acababa de encontrar el árbol más alto del bosque"

"मुझे जंगल में सबसे ऊंचा पेड़ मिला था"

—¿Estaría libre de serpientes aquí?

"निश्चित रूप से मैं यहाँ नागों से मुक्त हो जाऊंगा?"

"¡Y sale una serpiente del cielo!"

"और आकाश से एक सांप निकलता है!"

-¡Pero yo no soy una serpiente, te lo aseguro! -dijo Alicia-

"लेकिन मैं एक नागिन नहीं हूँ, मैं आपको बताता हूँ!" अलाइस ने कहा

"Soy un... Soy un... Soy una niña —añadió con cierta duda—

"मैं एक हूँ ... मैं एक... मैं एक छोटी लड़की हूँ, "उसने संदेह से कहा

Después de todo, había estado pasando por muchos cambios

आखिरकार, वह बहुत सारे बदलावों से गुजर रही थी

—Estás buscando huevos —dijo la paloma—

"आप अंडे की तलाश कर रहे हैं," कबूतर ने कहा

"Lo sé con certeza"

"मुझे पता है कि एक तथ्य के लिए"
—¿Y qué importa si eres una niña o una serpiente?
"और इससे क्या फर्क पड़ता है कि आप एक छोटी लड़की या सर्प हैं?"
—A mí me importa mucho —dijo Alicia apresuradamente—
"यह मेरे लिए एक अच्छा सौदा है," एलिस ने जल्दबाजी में कहा
"pero no estoy buscando huevos, como suele ser"
"लेकिन मैं अंडे की तलाश नहीं कर रहा हूं, जैसा कि होता है"
"Y de todos modos no querría tus huevos"
"और मुझे वैसे भी आपके अंडे नहीं चाहिए"
"No me gustan los huevos crudos"
"मुझे अपने अंडे कच्चे पसंद नहीं हैं"
-¡Pues váyase! -dijo la paloma en tono malhumorado-
"ठीक है, तो चले जाओ!" कबूतर ने उदास स्वर में कहा
Y la paloma se instaló de nuevo en su nido
और कबूतर फिर से अपने घोंसले में बैठ गया
Alicia se agachó entre los árboles lo mejor que pudo
एलिस पेड़ों के बीच नीचे झुकी के रूप में अच्छी तरह के रूप में वह कर सकता है
Su cuello no dejaba de enredarse entre las ramas
उसकी गर्दन शाखाओं के बीच उलझती चली गई
De vez en cuando tenía que detenerse y desenroscar el cuello
हर अब और फिर उसे रुकना पड़ा और उसकी गर्दन को खोलना पड़ा
Al cabo de un rato se acordó de la seta
थोड़ी देर बाद उसे मशरूम की याद आई
Todavía sostenía los trozos de hongo en sus manos
उसने अभी भी मशरूम के टुकड़े अपने हाथों में पकड़े हुए थे
Y se puso a trabajar con mucho cuidado
और वह बहुत सावधानी से काम करने के लिए तैयार हो गई
Primero mordisqueó una pieza
पहले उसने एक टुकड़े पर कुतरना शुरू कर दिया

Y luego mordisqueó la otra pieza

और फिर वह दूसरे टुकड़े पर कुतरने लगी

A veces crecía

कभी-कभी वह लंबी हो जाती थी

y a veces se acortaba

और कभी-कभी वह छोटी हो जाती थी

pero finalmente alcanzó su altura habitual

लेकिन आखिरकार उसने अपनी सामान्य ऊंचाई हासिल कर ली

Hacía tiempo que no era de su estatura

वह कुछ समय के लिए अपनी खुद की ऊंचाई नहीं थी

Así que todo se sintió extraño por un tiempo

तो थोड़ी देर के लिए सब कुछ अजीब लगा

"Lo siguiente que hay que hacer es entrar en ese hermoso jardín"

"अगली बात यह है कि उस खूबसूरत बगीचे में जाना है"

—¿Cómo se va a hacer eso, me pregunto?

"यह कैसे किया जाना है, मुझे आश्चर्य है?"

Al decir esto, llegó a un lugar abierto

यह कहते हुए वह एक खुली जगह पर आ गई

Había una casita, un poco más de un metro de altura

एक छोटा सा घर था, एक मीटर से थोड़ा ऊंचा

"Me pregunto quién vive en esta casita"

"मुझे आश्चर्य है कि इस छोटे से घर में कौन रहता है"

"Ciertamente no puedo entrar tan grande como soy"

"मैं निश्चित रूप से उतना बड़ा नहीं जा सकता जितना मैं हूं"

—¡Los asustaría terriblemente!

"मैं उन्हें बहुत डराऊंगा!"

Así que volvió a mordisquear el pequeño champiñón

इसलिए उसने फिर से छोटे मशरूम को कुतर दिया

Y pronto bajó treinta centímetros

और जल्द ही उसने खुद को तीस सेंटीमीटर नीचे लाया

Un cerdo y un poco de pimienta

एक सुअर और कुछ काली मिर्च

Durante uno o dos minutos se quedó mirando la casa

एक-दो मिनट तक वह घर को देखती रही

De repente, un lacayo salió corriendo del bosque

अचानक एक पादरी जंगल से भागता हुआ आया

Vestía un uniforme especial

उसने स्पेशल लिबास की वर्दी पहन रखी थी

A juzgar solo por su rostro, ella lo habría llamado pez

केवल उसके चेहरे को देखते हुए, वह उसे मछली कहती,

Y golpeó fuertemente la puerta con los nudillos

और उसने अपने पोर से दरवाजे पर जोर से चिल्लाया

La puerta fue abierta por otro lacayo

दरवाजा एक अन्य पादरी ने खोला

Este lacayo también llevaba una librea especial

इस फुटमैन ने भी एक खास लिबास पहना हुआ था

Este lacayo tenía una cara redonda y ojos grandes como los de una rana

इस फुटमैन का गोल चेहरा और मेंढक की तरह बड़ी-बड़ी आंखें थीं

El lacayo, que parecía un pez, inició la ceremonia

मछली की तरह दिखने वाले फुटमैन ने समारोह की शुरुआत की

Sacó algo de debajo de su brazo

उसने अपनी बांह के नीचे से कुछ निकाला

Y sacó de debajo del brazo un sobre

और उसने अपनी बांह के नीचे से एक लिफाफा निकाला

Y este sobre se lo entregó al otro lacayo

और यह लिफाफा उसने दूसरे पादरी को सौंप दिया

En tono ceremonioso le comunicó las órdenes

एक औपचारिक स्वर में उसने उसे आदेश बताया

"Este mensaje es para la duquesa"

"यह संदेश डचेस के लिए है"

"Una invitación de la reina a jugar al croquet"

"क्रोकेट खेलने के लिए रानी से एक निमंत्रण"

El lacayo, que parecía una rana, repitió la orden

मेंढक की तरह दिखने वाले पादरी ने आदेश दोहराया

"De la Reina"

"रानी से"

"Una invitación"

"एक निमंत्रण"

"para la duquesa"

"डचेस के लिए"

"Jugar al croquet"

"क्रोकेट बजाना"

Entonces ambos se inclinaron profundamente

फिर वे दोनों झुक गए

y los rizos de sus pelucas se enredaron

और उनके विग में कर्ल एक साथ उलझ गए

Pronto el lacayo que parecía un pez se había ido

जल्द ही मछली की तरह दिखने वाला फुटमैन चला गया

Pero el lacayo que parecía una rana todavía estaba allí

लेकिन मेंढक की तरह दिखने वाला पादरी अभी भी वहीं था

Estaba sentado en el suelo, cerca de la puerta

वह दरवाजे के पास जमीन पर बैठा था

Estaba mirando estúpidamente al cielo

वह मूर्खतापूर्ण ढंग से आकाश में घूर रहा था

Alicia se acercó tímidamente a la puerta y llamó

एलिस डरते-डरते दरवाजे तक गई और दस्तक दी

—Es inútil llamar a la puerta —dijo el lacayo—

"खटखटाने का कोई फायदा नहीं है," पादरी ने कहा

"Y eso es por dos razones"

"और यह दो कारणों से है"

"Primero, porque estoy del mismo lado de la puerta que tú"

"सबसे पहले, क्योंकि मैं दरवाजे के उसी तरफ हूं जैसे आप हैं"

"En segundo lugar, porque están haciendo mucho ruido
dentro"

"दूसरी बात, क्योंकि वे अंदर इतना शोर कर रहे हैं"

"Nadie podría escucharte"

"कोई भी संभवतः आपको नहीं सुन सकता है"

Y, ciertamente, había un ruido extraordinario en su interior

और निश्चित रूप से भीतर एक सबसे असाधारण शोर चल रहा था

un aullido y estornudos constantes

लगातार चीखना और छींकना

y de vez en cuando se oye un gran estruendo

और हर अब और फिर महान दुर्घटनाग्रस्त होने की आवाज

como si un plato o una tetera se hubieran roto en pedazos

जैसे कि एक डिश या केतली को टुकड़ों में तोड़ दिया गया हो

-¿Cómo voy a entrar? -preguntó Alicia

"मैं अंदर कैसे जाऊं?" अलाइस ने पूछा

—¿Deberías entrar? —dijo el lacayo—

"क्या आपको बिल्कुल भी अंदर जाना चाहिए?" पादरी ने कहा

"Esa es la primera pregunta, ya sabes"

"यह पहला सवाल है, आप जानते हैं"

Alicia abrió la puerta y entró

अलाइस ने दरवाजा खोला और अंदर चली गईं

La puerta conducía directamente a una gran cocina

दरवाजा सीधे एक बड़ी रसोई में ले जाता था

La cocina estaba llena de humo de un extremo a otro

रसोई एक छोर से दूसरे छोर तक धुएं से भरी हुई थी

en medio de la cocina estaba la duquesa

रसोई के बीच में डचेस था

Estaba sentada en un taburete de tres patas

वह तीन टांगों वाले स्टूल पर बैठी थी

Y ella estaba amamantando a un bebé

और वह एक बच्चे को दूध पिला रही थी

El cocinero estaba inclinado sobre el fuego

रसोइया आग पर झुक रहा था

Estaba removiendo un gran caldero

वह एक बड़े कैल्ड्रॉन को हिला रहा था

y el caldero parecía estar lleno de sopa

और कैल्ड्रॉन सूप से भरा हुआ लग रहा था

"¡Ciertamente hay demasiada pimienta en esa sopa!" —se dijo Alicia

"उस सूप में निश्चित रूप से बहुत अधिक काली मिर्च है!" "अलाइस ने खुद से कहा

Lo dijo lo mejor que pudo, sin estornudar

उसने कहा कि यह सबसे अच्छा वह छींकने के बिना कर सकती थी

Incluso la duquesa estornudaba de vez en cuando

यहां तक कि डचेस भी कभी-कभी छींकते थे

Pero las acciones del bebé fueron las más notables

लेकिन बच्चे की हरकतें सबसे उल्लेखनीय थीं

El bebé estornudaba y aullaba alternativamente

बच्चा बारी-बारी से छींक रहा था और चिल्ला रहा था

No hubo un momento de pausa entre aullidos y estornudos
चीखने और छींकने के बीच एक पल का ठहराव नहीं था
Había dos criaturas en la cocina que no estornudaban
रसोई में दो जीव थे जो छींकते नहीं थे
El cocinero estaba demasiado ocupado para estornudar
रसोइया छींकने में बहुत व्यस्त था
Y al gran gato no pareció importarle el pimiento
और बड़ी बिल्ली को काली मिर्च से कोई फर्क नहीं पड़ता था
En cambio, el gran gato sonreía de oreja a oreja
इसके बजाय, बड़ी बिल्ली कान से कान तक मुस्कुरा रही थी
-Por favor, ¿podría decírmelo -dijo Alicia, un poco
tímidamente-
"कृपया आप मुझे बताएंगे," अलाइस ने कहा, थोड़ा डरपोक
"¿Por qué tu gato sonríe así?"
"आपकी बिल्ली इस तरह क्यों मुस्कुरा रही है?
-Es un gato de Cheshire -dijo la duquesa-
"यह एक चेशायर-बिल्ली है," डचेस ने कहा
"Y por eso está sonriendo de oreja a oreja"
"और इसीलिए वह कान से कान तक मुस्कुरा रहा है"
"No sabía que un gato de Cheshire siempre sonreía"
"मुझे नहीं पता था कि एक चेशायर-कैट हमेशा मुस्कुराती है"
—De hecho, no sabía que los gatos podían sonreír —dijo
Alicia—
"वास्तव में, मुझे नहीं पता था कि बिल्लियाँ मुस्कुरा सकती हैं,"
एलिस ने कहा
-Hay muchas cosas que no sabes -dijo la duquesa-
"बहुत कुछ है जो आप नहीं जानते हैं," डचेस ने कहा
"Hay muchas cosas que no sabes y eso es un hecho"
"ऐसा बहुत कुछ है जो आप नहीं जानते हैं, और यह एक तथ्य है"
En ese momento, el cocinero retiró el caldero de sopa del
fuego

तभी रसोइये ने सूप के कैलड्रॉन को आग से उतार लिया

Y en seguida se puso a tirar todo lo que estaba a su alcance

और एक बार में उसने सब कुछ अपनी पहुंच के भीतर फेंकना शुरू कर दिया

arrojó todo lo que pudo a la duquesa y al bebé

उसने डचेस और बेब पर वह सब कुछ फेंक दिया जो वह कर सकती थी

Primero arrojó los hierros de fuego

पहले उसने फायर-आयरन फेंका

Luego tiró un puñado de cacerolas

फिर उसने मुट्ठी भर सॉस पैन फेंक दिया

y finalmente tiró los platos y las fuentes

और अंत में उसने प्लेटें और बर्तन फेंक दिए

La duquesa no le hizo caso

डचेस ने उस पर कोई ध्यान नहीं दिया

Incluso cuando fue golpeada por un plato, no se preocupó

यहां तक कि जब वह एक प्लेट से मारा गया था तो उसने चिंता नहीं की

El bebé ya estaba aullando tanto

बच्चा पहले से ही बहुत चिल्ला रहा था

Así que era imposible decir si los golpes lastimaban al bebé o no

इसलिए यह कहना असंभव था कि वार ने बच्चे को चोट पहुंचाई या नहीं

—¡Oh, por favor, ten cuidado con lo que estás haciendo! —exclamó Alicia—

"ओह, कृपया ध्यान दें कि आप क्या कर रहे हैं!" अलाइस रोया

Y saltaba de un lado a otro en una agonía de terror

और वह आतंक की पीड़ा में ऊपर और नीचे कूद गई

la duquesa le ofreció a Alicia el bebé

डचेस ने ऐलिस को बच्चे की पेशकश की

"¡Aquí! ¡Puedes amamantar un poco al bebé, si quieres!"

"यहाँ! आप चाहें तो बच्चे को थोड़ा दूध पिला सकते हैं!"
Y le arrojó al bebé mientras hablaba
और बोलते हुए उसने बच्चे को उसकी ओर उछाल दिया
"Tengo que ir a prepararme para jugar al croquet con la reina"
"मुझे जाना चाहिए और रानी के साथ क्रोकेट खेलने के लिए तैयार होना चाहिए"
Y se apresuró a salir de la habitación
और वह जल्दी से कमरे से बाहर निकल गई
Alicia atrapó al bebé con cierta dificultad
एलिस ने बच्चे को कुछ कठिनाई से पकड़ा
porque era una criatura de forma muy extraña
क्योंकि यह एक बहुत ही अजीब आकार का छोटा प्राणी था
Y el bebé extendió los brazos y las piernas en todas direcciones
और बच्चे ने अपने हाथ और पैर सभी दिशाओं में फैला दिए
«Será mejor que me lleve a este niño conmigo», pensó Alicia
"बेहतर होगा कि मैं इस बच्चे को अपने साथ ले जाऊं," एलिस ने सोचा
"Seguro que matarán a este bebé en uno o dos días"
"वे एक या दो दिन में इस बच्चे को मारने के लिए निश्चित हैं"
—¿No sería un asesinato dejar atrás a este bebé?
"क्या इस बच्चे को पीछे छोड़ना हत्या नहीं होगी?"
Dijo las últimas palabras en voz alta
उसने आखिरी शब्द जोर से कहे
Y la cosita gruñó en respuesta
और छोटी सी बात जवाब में बड़बड़ाई
—Será mejor que no te conviertas en un cerdo, querida — dijo Alicia—
"आप सबसे अच्छा एक सुअर में नहीं बदल जाते हैं, मेरे प्रिय," एलिस ने कहा

"o de lo contrario no tendré nada más que ver contigo"

"वरना मुझे तुमसे और कुछ नहीं लेना होगा"

Alicia empezaba a pensar para sí misma:

ऐलिस सिर्फ खुद को सोचने लगी थी:

"Ahora, ¿qué voy a hacer con esta criatura cuando la lleve a casa?"

"अब, मैं इस प्राणी के साथ क्या करूँ, जब मैं इसे घर ले जाऊँ?"

Pero entonces la pequeña criatura gruñó un poco violentamente

लेकिन फिर छोटे प्राणी ने थोड़ा हिंसक रूप से घुरघुराया

y Alicia lo miró a la cara con cierta alarma

और अलाइस ने कुछ अलार्म में उसके चेहरे को देखा

Esta vez no podía haber error al respecto

इस बार इसमें कोई गलती नहीं हो सकती

No era ni más ni menos que un cerdo

यह न तो सुअर से ज्यादा था और न ही कम

Así que dejó a la pequeña criatura en el suelo

इसलिए उसने छोटे जीव को नीचे रख दिया

y la pequeña criatura se aleja trotando tranquilamente hacia el bosque

और छोटा प्राणी चुपचाप जंगल में चला गया

Alicia se sintió bastante aliviada al ver que la criatura se iba

प्राणी को जाते हुए देखकर ऐलिस को काफी राहत महसूस हुई

Alicia se sobresaltó un poco al ver al Gato de Cheshire

चेशायर-कैट को देखकर एलिस थोड़ा चौंक गई

Estaba sentado en la rama de un árbol a pocos metros de distancia

यह कुछ गज की दूरी पर एक पेड़ की टहनी पर बैठा था

El gato solo sonrió cuando la vio

बिल्ली उसे देखते ही मुस्करा दी

—Gato de Cheshire —empezó Alicia, bastante tímidamente—

"चेशायर-बिल्ली," अलाइस ने शुरू किया, बल्कि डरपोक

—¿Podría decirme, por favor, qué camino debo tomar desde aquí?

"क्या आप कृपया मुझे बताएंगे कि मुझे यहाँ से किस रास्ते से जाना चाहिए?

—En esa dirección —dijo el gato—

"उस दिशा में," बिल्ली ने कहा

Y agitó la pata derecha

और इसने दाहिना पंजा इधर-उधर लहराया

"En esa dirección vive un fabricante de sombreros"

"उस दिशा में टोपी का एक निर्माता रहता है"

Y entonces el gato agitó su otra pata

और फिर बिल्ली ने अपना दूसरा पंजा लहराया

"Y en esa dirección vive una liebre de marzo"

"और उस दिशा में एक मार्च खरगोश रहता है"

"Visita a cualquiera de los que quieras; los dos están locos"

"या तो आप की तरह पर जाएँ; वे दोनों पागल हैं "

—Pero yo no quiero andar entre locos —comentó Alicia—

"लेकिन मैं पागल लोगों के बीच नहीं जाना चाहता," एलिस ने टिप्पणी की

—Oh, no puedes evitarlo —dijo el Gato—

"ओह, आप इसकी मदद नहीं कर सकते," बिल्ली ने कहा

"Aquí estamos todos locos"

"हम सब यहाँ पागल हैं"

"¿Vas a jugar al croquet con la reina hoy?"

"क्या आप आज रानी के साथ क्रोकेट खेल रहे हैं?"

—Me gustaría mucho —dijo Alicia—

"मैं बहुत पसंद करूंगा," एलिस ने कहा

"pero todavía no me han invitado"

"लेकिन मुझे अभी तक आमंत्रित नहीं किया गया है"

—Allí me verás —dijo el Gato—

"तुम मुझे वहाँ देखोगे," बिल्ली ने कहा

Y de un momento a otro el gato desapareció

और एक पल से अगले पल तक बिल्ली गायब हो गई

pronto Alicia llegó a la vista de la casa de la liebre de marzo

जल्द ही ऐलिस को मार्च हरे के घर की दृष्टि मिली

Era una casa muy grande

यह एक बहुत बड़ा घर था

así que Alicia no quiso acercarse a la casa

इसलिए ऐलिस घर के पास नहीं जाना चाहती थी

Primero tuvo que mordisquear un poco más del trozo de champiñón del lado izquierdo

पहले उसे मशरूम के बाईं ओर के बिट में से कुछ और कुतरना पड़ा

Una fiesta de té loca
एक पागल चाय-पार्टी

Delante de la casa había un árbol

घर के सामने एक पेड़ था

y debajo del árbol había una mesa

और पेड़ के नीचे एक मेज थी

y la mesa estaba puesta con toda clase de cubiertos

और टेबल को सभी प्रकार के कटलरी के साथ सेट किया गया था

La Liebre de Marzo y el Sombrerero estaban sentados a la mesa

मार्च हरे और टोपी निर्माता मेज पर थे

y juntos estaban tomando el té

और साथ में चाय पी रहे थे

Un lirón estaba sentado entre ellos

उनके बीच एक डोरमाउस बैठा था

y el lirón se durmió profundamente

और डोरमाउस गहरी नींद में सो रहा था

La mesa era de un tamaño extraordinario

टेबल असाधारण आकार की थी

Pero la mayor parte de la mesa estaba desocupada

लेकिन मेज का अधिकांश हिस्सा खाली था

Se sentaron apiñados en una esquina de la mesa

वे मेज के एक कोने में एक साथ बैठे थे

y, sin embargo, se excusaban cuando veían a Alicia

और फिर भी उन्होंने ऐलिस को देखते ही बहाने बना दिए

"¡No hay espacio! ¡No hay lugar!", gritaron

"कोई कमरा नहीं! कोई कमरा नहीं!" वे चिल्लाए

-¡Hay sitio de sobra! -exclamó Alicia indignada-

"बहुत जगह है!" अलाइस ने गुस्से में कहा

En un extremo de la mesa había un gran sillón

मेज के एक छोर पर एक बड़ी आर्म-चेयर थी

y Alicia se sentó en el sillón

और एलिस खुद कुर्सी पर बैठ गई

El sombrerero abrió mucho los ojos

टोपी बनाने वाले ने अपनी आँखें बहुत चौड़ी खोलीं

No podía creer lo que estaba viendo

वह विश्वास नहीं कर सकता था कि वह क्या देख रहा था

Pero su mente tenía curiosidad por otras cosas

लेकिन उसका मन अन्य चीजों के बारे में उत्सुक था

—¿Por qué un cuervo es como un escritorio?

"एक रैवेन एक लेखन-डेस्क की तरह क्यों है?"

Alicia estaba abierta al reto

ऐलिस चुनौती के लिए खुला था

"Me alegro de que hayan empezado a hacer adivinanzas"

"मुझे खुशी है कि उन्होंने पहेलियों से पूछना शुरू कर दिया है"

—Creo que puedo adivinarlo —añadió en voz alta—

"मुझे विश्वास है कि मैं अनुमान लगा सकता हूं," उसने जोर से जोड़ा

La liebre de marzo sintió curiosidad por Alicia

मार्च खरगोश ऐलिस के बारे में उत्सुक हो गया

"¿De verdad crees que puedes encontrar la respuesta?"

"क्या आपको सच में लगता है कि आप जवाब पा सकते हैं?

—Creo que puedo encontrar la respuesta —dijo Alicia—

"मुझे लगता है कि मुझे वास्तव में जवाब मिल सकता है," एलिस ने कहा

—Entonces deberías decir lo que quieres decir —prosiguió la liebre de la marcha—

"तो फिर आपको कहना चाहिए कि आपका क्या मतलब है," मार्च हरे चला गया

—Digo lo que quiero decir —respondió Alicia apresuradamente—

"मैं कहता हूं कि मेरा क्या मतलब है," एलिस ने जल्दबाजी में जवाब दिया

"por lo menos quiero decir lo que digo"

"कम से कम मेरा मतलब है कि मैं क्या कहता हूं"

"Es lo mismo, ¿sabes?"

"यह वही बात है, आप जानते हैं"

El lirón también contribuyó a la conversación

डोरमाउस ने भी बातचीत में योगदान दिया

Pero el lirón parecía estar hablando en sueños

लेकिन डोरमाउस अपनी नींद में बात कर रहा था

"Respiro cuando duermo"

"जब मैं सोता हूं तो मैं सांस लेता हूं"

"¡Duermo cuando respiro!"

"जब मैं सांस लेता हूं तो मैं सोता हूं!"

"Bien podría decirse que también son lo mismo"

"आप यह भी कह सकते हैं कि वे भी वही हैं"

-A ti te pasa lo mismo -dijo el sombrerero-

"आपके साथ भी ऐसा ही है," टोपी बनाने वाले ने कहा

Y echó un poco de té en la nariz del lirón

और उसने डोरमाउस की नाक पर थोड़ी सी चाय डाली

El Lirón sacudió la cabeza con impaciencia

डोरमाउस ने अधीरता से अपना सिर हिला दिया

Y volvió a hablar el Lirón, sin abrir los ojos

और फिर से डोरमाउस ने अपनी आँखें खोले बिना बात की

"Por supuesto, por supuesto que es lo mismo"

"बेशक, निश्चित रूप से यह वही है"

"eso es justo lo que iba a decir yo mismo"

"बस यही मैं खुद कहने जा रहा था"

El sombrerero se volvió hacia Alicia y le hizo otra pregunta

टोपी निर्माता ऐलिस की ओर मुड़ा और एक और सवाल पूछा

—¿Ya has adivinado el enigma?

"क्या आपने अभी तक पहेली का अनुमान लगाया है?"

—No, me rindo —concedió Alicia—

"नहीं, मैं हार मानता हूं," ऐलिस ने स्वीकार किया

"¿Cuál es la respuesta?", quiso saber

"जवाब क्या है?" उसने जानना चाहा

—No tengo la menor idea —dijo el sombrerero—

"मुझे जरा भी अंदाज़ा नहीं है," टोपी बनाने वाले ने कहा

-Ni yo lo sé -dijo la liebre-

"न ही मुझे पता है," मार्च खरगोश ने कहा

Alicia dio un suspiro de cansancio

अलाइस ने एक थकी हुई आह भरी

"Hay mejores usos del tiempo que los enigmas sin respuestas"

"बिना जवाब के पहेलियों की तुलना में समय का बेहतर उपयोग होता है"

-¡Toma un poco más de té! -dijo la liebre a Alicia, muy seriamente-

"कुछ और चाय लो," मार्च खरगोश ने एलिस से कहा, बहुत ईमानदारी से

Alicia se sintió bastante ofendida por la oferta

ऐलिस प्रस्ताव से काफी नाराज थी

—Todavía no he tomado el té —respondió Alicia—

"मैंने अभी तक चाय नहीं पी है," अलाइस ने जवाब दिया

"por lo tanto, no puedo tomar más té"

"इसलिए मैं और चाय नहीं पी सकता"

—Quieres decir que no puedes tomar menos té —dijo el sombrerero—

"तुम्हारा मतलब है कि तुम कम चाय नहीं पी सकते," टोपी बनाने वाले ने कहा

"Es muy fácil llevarse más que nada"

"कुछ भी नहीं से अधिक लेना बहुत आसान है"

Al oír esto, Alicia se levantó y se marchó

इस पर, एलिस उठी और चली गई

El lirón se durmió al instante

डोरमाउस तुरंत सो गया

y ninguno de los otros hizo la menor atención de que ella se fuera

और दूसरों में से किसी ने भी उसके जाने की कम से कम सूचना नहीं ली

aunque miró hacia atrás una o dos veces

हालांकि उसने एक-दो बार पीछे मुड़कर देखा

Intentaban meter el lirón en la tetera

वे डोरमाउस को चाय-पॉट में डालने की कोशिश कर रहे थे

-De todos modos, ¡no volveré a ir allí! -dijo Alicia-

"किसी भी दर पर, मैं फिर कभी वहां नहीं जाऊंगा!" एलिस ने कहा

Y ella caminó su camino a través del bosque

और वह जंगल के माध्यम से अपना रास्ता चला गया

"Esa fue la fiesta del té más estúpida a la que he ido en mi vida"

"यह सबसे बेवकूफ चाय-पार्टी थी जो मैंने कभी की है"

Justo cuando dijo esto, notó algo

जैसे ही उसने यह कहा, उसने कुछ देखा

Uno de los árboles tenía una puerta que daba directamente a él

पेड़ों में से एक में एक दरवाजा था जो सीधे अंदर जाता था

"¡Eso es muy interesante!", pensó

"यह बहुत दिलचस्प है!" उसने सोचा

"Creo que es mejor que pase por la puerta"

"मुझे लगता है कि मैं दरवाजे के माध्यम से भी जा सकता हूं"

Y entró por la puerta

और दरवाजे के माध्यम से वह चला गया

Una vez más se encontró en el largo pasillo

एक बार फिर उसने खुद को लंबे हॉल में पाया

De nuevo estaba cerca de la mesita de cristal

फिर से वह छोटी कांच की मेज के करीब थी

Ella tomó la pequeña llave de oro

उसने छोटी सुनहरी चाबी ली

Y abrió la puerta que daba al jardín

और उसने उस दरवाजे को खोल दिया जो बगीचे में जाता था

Luego se puso manos a la obra mordisqueando el hongo

फिर वह मशरूम पर कुतरने का काम करने के लिए तैयार हो गई

Había guardado un trozo de la seta en el bolsillo

उसने मशरूम का एक टुकड़ा अपनी जेब में रखा था

Y, por último, medía alrededor de un metro de altura

और अंत में वह लगभग एक मीटर लंबी थी

Luego caminó por el pequeño pasillo

फिर वह छोटे गलियारे से नीचे चली गई

Y entonces finalmente se encontró en el hermoso jardín

और फिर उसने आखिरकार खुद को सुंदर बगीचे में पाया

y ella estaba entre la flor brillante y las fuentes frescas

और वह चमकीले फूल और ठंडे फव्वारे के बीच थी

El campo de croquet de la reina
रानी का क्रोकेट ग्राउंड

Un gran rosal se alzaba cerca de la entrada del jardín

बगीचे के प्रवेश द्वार के पास एक बड़ा गुलाब का पेड़ खड़ा था

Las rosas que crecían en el árbol eran blancas

पेड़ पर उगने वाले गुलाब सफेद थे

Pero había tres jardineros pintando la rosa

लेकिन गुलाब को पेंट करने वाले तीन माली थे

Estaban ocupados pintando las rosas de rojo

वे व्यस्त रूप से गुलाबों को लाल रंग से रंग रहे थे

y Alicia los miraba pintar las rosas de rojo

और एलिस उन्हें गुलाब लाल रंग में रंगते हुए देख रही थी

y de repente sus ojos se posaron por casualidad en Alicia

और अचानक उनकी आँखें ऐलिस पर पड़ने का मौका

Alicia habló un poco tímidamente

" अलाइस थोड़ा डरपोक होकर बोली

—¿Podría decírmelo, por favor?

"क्या आप मुझे बताएंगे, कृपया;"

"¿Por qué están pintando todas esas rosas?"

"आप सभी उन गुलाबों को क्यों चित्रित कर रहे हैं?

Cinco y siete no dijeron nada, pero miraron a dos

पांच और सात ने कुछ नहीं कहा, लेकिन दो को देखा

Dos hablaron, en voz baja

दो बोले, धीमी आवाज में

"Vaya, el hecho es que ya lo ve, señora"

"क्यों, तथ्य यह है, आप देखते हैं, महोदया"

"Esto de aquí debería haber sido un rosal rojo"

"यह यहाँ एक लाल गुलाब का पेड़ होना चाहिए था"

"Y pusimos un rosal blanco por error"

"और हमने गलती से एक सफेद गुलाब का पेड़ डाल दिया"

"Como estarás de acuerdo, la Reina no debe enterarse"

"जैसा कि आप सहमत होंगे, रानी को पता नहीं लगाना चाहिए"

"De lo contrario, nos cortarían la cabeza a todos"

"वरना हम सब के सिर काट दिए जाते"

"Así que ya ve, señora, estamos haciendo lo mejor que podemos"

"तो आप देखते हैं, मैडम, हम अपनी पूरी कोशिश कर रहे हैं"

La Carta Cinco había estado mirando ansiosamente a través del jardín

कार्ड फाइव उत्सुकता से बगीचे में देख रहा था

En ese momento, la carta cinco gritó: "¡La reina! ¡La reina!"

इतने में पाँच ने पुकारा, "रानी! रानी!"

Y los tres jardineros se escabulleron al instante

और तीनों माली तुरंत भाग गए

Y se arrojaron de bruces

और उन्होंने अपने आप को अपने चेहरे पर सपाट फेंक दिया

Se oyó el sonido de muchos pasos

कई कदमों की आवाज आ रही थी

Alicia miró a su alrededor, ansiosa por ver a la reina

एलिस ने चारों ओर देखा, रानी को देखने के लिए उत्सुक थी

Al comienzo de la procesión había diez soldados

जुलूस की शुरुआत में दस सैनिक थे

Sus manos y pies estaban en las esquinas

उनके हाथ-पैर कोनों में थे

y en sus manos y pies había garrotes

और उनके हाथों और पैरों में क्लब थे

Luego vinieron los diez cortesanos

इसके बाद दस दरबारी आए

Los cortesanos estaban adornados con diamantes

दरबारियों को चारों ओर हीरों से अलंकृत किया गया था

Después de los cortesanos venían los hijos reales

दरबारियों के आने के बाद शाही बच्चे आए

Eran diez los hijos de la realeza

शाही बच्चों में से दस थे

y todos los niños reales estaban adornados con corazones

और सभी शाही बच्चे दिलों से अलंकृत थे

Luego vinieron los invitados; en su mayoría reyes y reinas

इसके बाद मेहमान आए; ज्यादातर राजा और रानी

y entre los reyes y la reina, Alicia vio a alguien

और राजाओं और रानी के बीच एलिस ने किसी को देखा

Volvió a ver al conejo blanco que había perseguido

उसने फिर से उस सफेद खरगोश को देखा जिसका उसने पीछा किया था

La procesión fue seguida por la sota de los corazones

बारात के पीछे-पीछे दिलों की नोक बज रही थी

Llevaba la corona del rey

वह राजा का मुकुट ले जा रहा था

y la corona del rey estaba sobre un cojín de terciopelo carmesí

और राजा का मुकुट लाल रंग के मखमल के कुशन पर था

Y entonces llegó el final de esta gran procesión

और फिर इस भव्य जुलूस का अंत हुआ

Y allí, al final, estaban el Rey y la Reina de Corazones

और अंत में दिलों के राजा और रानी थे

la procesión venía frente a Alicia

जुलूस ऐलिस के सामने आया

Y todos se detuvieron y la miraron

और वे सब रुक गए और उसे देखा

Y la reina dijo severamente: "¿Quién es éste?"

और रानी ने कठोर स्वर में कहा, "यह कौन है?"

Se lo dijo a la Sota de Corazones

उसने दिल की गुच्छा से कहा

Pero él se limitó a hacer una reverencia y a sonreír en

respuesta
लेकिन वह जवाब में सिर्फ झुके और मुस्कुराए
Alicia habló muy cortésmente
" अलाइस ने बहुत विनम्रता से बात की
"Mi nombre es Alicia, así que por favor, su majestad"
"मेरा नाम ऐलिस है, इसलिए कृपया महामहिम"
Pero ella tenía otros pensamientos para sí misma
लेकिन उसके मन में कुछ और ही विचार थे
"¡Después de todo, son solo un mazo de cartas!"
"वे केवल ताश के पत्तों का एक पैकेट हैं, आखिरकार!"
"¿Sabes jugar al croquet?", gritó la reina
"क्या आप क्रोकेट खेल सकते हैं?" रानी चिल्लाई
Era evidente que la pregunta iba dirigida a Alicia
सवाल स्पष्ट रूप से ऐलिस के लिए था
-¡Sí! -dijo Alicia en voz alta-
"हाँ!" अलाइस ने जोर से कहा
—¡Ven a jugar! —rugió la reina—
"आओ तो खेलो!" रानी गरजी
una voz tímida le habló a Alicia
एक डरपोक आवाज ने एलिस से बात की
"¡Es un día muy hermoso!"
"यह एक बहुत अच्छा दिन है!"
Caminaba junto al conejo blanco
वह सफेद खरगोश के पास से गुजर रही थी
y el Conejo Blanco la miraba ansiosamente a la cara
और सफेद खरगोश उत्सुकता से उसके चेहरे में झांक रहा था
—Un día muy bueno —confirmó Alicia—
"वास्तव में एक बहुत अच्छा दिन," एलिस ने पुष्टि की
—¿Dónde está la duquesa?
"डचेस कहाँ है?"
"¡Silencio! ¡Silencio!", dijo el Conejo

"हश! चुप रहो!" खरगोश ने कहा

"Está condenada a muerte"

"वह फांसी की सजा के तहत है"

—¿Por qué la ejecutan? —preguntó Alicia

"उसे किस लिए मार डाला जा रहा है?" एलिस ने पूछा

—Le ha rayado las orejas a la reina —empezó a decir el conejo—

"उसने रानी के कान खंगाले," खरगोश ने शुरू किया

—gritó la Reina con voz de trueno—

रानी गरज की आवाज में चिल्लाई

"¡Vayan a sus lugares!"

"अपनी जगह पर जाओ!"

Y la gente empezó a correr en todas direcciones

और लोग चारों दिशाओं में इधर-उधर भागने लगे

y todos tropezaron unos con otros

और वे सब एक दूसरे से टकरा गए

Sin embargo, se calmaron en uno o dos minutos

हालांकि, वे एक या दो मिनट में शांत हो गए

Y entonces comenzó el juego

और फिर खेल शुरू हुआ

Alicia nunca había visto un campo de croquet tan curioso

ऐलिस ने ऐसा जिज्ञासु क्रोकेट ग्राउंड कभी नहीं देखा था

La hierba era todo crestas y surcos

घास सभी लकीरें और खांचे थे

Las bolas de croquet eran erizos de verdad

क्रोकेट गेंदें असली हेजहोग थीं

y los mazos eran flamencos de verdad

और मैलेट असली राजहंस थे

Y los soldados se pusieron de pie sobre sus manos y sus pies

और सैनिक अपने हाथ-पैरों पर खड़े हो गए

porque los arcos estaban hechos de sus cuerpos

क्योंकि मेहराब उनके शरीर से बनाया गया था

Todos los jugadores jugaron a la vez

सभी खिलाड़ी एक साथ खेले

Nadie esperó su turno

किसी ने अपनी बारी का इंतजार नहीं किया

y todos se peleaban con todos

और सभी ने सभी के साथ झगड़ा किया

y todos luchaban por los erizos

और सभी हेजहोग के लिए लड़ रहे थे

Pronto la reina se vio presa de una furiosa pasión

जल्द ही रानी एक उग्र जुनून में थी

Y empezó a patalear y a gritar

और वो इधर-उधर मुहर लगाने लगी और चिल्लाने लगी

"¡Córtale la cabeza!"

"उसका सिर काट दो!"

"¡Córtale la cabeza!"

"उसका सिर काट दो!"

"¡Córtale la cabeza a todos!"

"उनके सभी सिर काट दो!"

De nuevo Alicia pensó para sí misma

फिर से अलाइस ने मन ही मन सोचा

"Son terriblemente aficionados a decapitar a la gente aquí"

"वे यहां लोगों का सिर कलम करने के भयानक शौकीन हैं"

"¡La gran maravilla es que quede alguien vivo!"

"बड़ा आश्चर्य यह है कि कोई भी जीवित बचा है!"

Buscaba alguna vía de escape

वह बचने का कोई रास्ता तलाश रही थी

Notó una curiosa apariencia en el aire

उसने हवा में एक जिज्ञासु उपस्थिति देखी

«Es el gato de Cheshire», se dijo a sí misma

"यह चेशायर-बिल्ली है," उसने खुद से कहा

"Ahora tendré a alguien con quien hablar"

"अब मेरे पास बात करने के लिए कोई होगा"

—¿Cómo te va? —preguntó el gato

"आप कैसे चल रहे हैं?" बिल्ली ने कहा

—No creo que jueguen nada limpio —dijo Alicia—

"मुझे नहीं लगता कि वे बिल्कुल भी निष्पक्ष रूप से खेलते हैं," एलिस ने कहा

Y tenía un tono bastante quejumbroso

और उसके पास एक शिकायत करने वाला स्वर था

"Todos se pelean tan terriblemente"

"वे सभी बहुत भयानक रूप से झगड़ते हैं"

"Uno no se oye hablar"

"कोई खुद को बोलते हुए नहीं सुन सकता"

"Y no parecen jugar con ninguna regla"

"और वे किसी भी नियम से नहीं खेलते हैं"

el gato le hizo una pregunta a Alicia en voz baja

बिल्ली ने एलिस से धीमी आवाज में एक सवाल पूछा

—¿Qué te parece la reina?

"आपको रानी कैसी लगी?

—No me gusta nada —dijo Alicia—

"मैं उसे बिल्कुल पसंद नहीं करता," एलिस ने कहा

Alicia pensó que sería mejor que volviera

एलिस ने सोचा कि वह भी वापस जा सकती है

Quería ver cómo iba el partido

वह देखना चाहती थी कि खेल कैसा चल रहा है

Se fue en busca de su erizo

वह अपने हाथी की तलाश में निकल गई

El erizo estaba ocupado luchando contra otro erizo

हेजहोग एक और हेजहोग से लड़ने में व्यस्त था

Esta fue una excelente oportunidad

यह एक उत्कृष्ट अवसर था

Podía hacer croquet a un erizo con el otro

वह एक हेजहोग को दूसरे के साथ क्रोकेट कर सकती थी

Pero su flamenco estaba al otro lado del jardín

लेकिन उसका राजहंस बगीचे के दूसरी तरफ था

El flamenco era bastante torpe

राजहंस बल्कि अनाड़ी था

Su flamenco intentaba volar hacia un árbol

उसका राजहंस एक पेड़ में उड़ने की कोशिश कर रहा था

Atrapó al flamenco por la pierna

उसने राजहंस को पैर से पकड़ लिया

Y guardó el flamenco bajo el brazo

और उसने राजहंस को अपनी बांह के नीचे दबा लिया

De esa manera, el flamenco no pudo escapar de nuevo

इस तरह राजहंस फिर से बच नहीं सका

Justo en ese momento Alicia se encontró con la duquesa

तभी ऐलिस डचेस से मिलने के लिए हुआ

La duquesa ya había salido de la cárcel

डचेस अब जेल से बाहर था

Metió cariñosamente su brazo bajo el brazo de Alicia

उसने एलिस की बांह के नीचे प्यार से अपना हाथ दबा दिया

Y luego se fueron juntos

और फिर वे एक साथ चले गए

Alicia se alegró mucho de encontrarla de tan buen humor

ऐलिस उसे इस तरह के सुखद स्वभाव में पाकर बहुत खुश थी

Sin embargo, estaba un poco asustada

हालांकि, वह थोड़ा चौंकी थी

Oyó la voz de la duquesa cerca de su oído

उसने अपने कान के पास डचेस की आवाज सुनी

"Estás pensando en algo, querida"

"आप कुछ सोच रहे हैं, मेरे प्यारे"

"Y eso hace que te olvides de hablar"

"और इससे आप बात करना भूल जाते हैं"

—El juego va bastante mejor ahora —dijo Alicia—

"खेल अब बेहतर चल रहा है," एलिस ने कहा

Era una forma de mantener la conversación

यह बातचीत को जारी रखने का एक तरीका था

-Así es -dijo la duquesa-

"यह वास्तव में ऐसा है," डचेस ने कहा

"Y la moraleja de eso es esta:"

"और इसका नैतिक यह है:"

"¡Es el amor el que lo hace todo!"

"यह प्यार है जो यह सब करता है!"

"El amor es lo que hace que el mundo gire"

"प्यार वह है जो दुनिया को चारों ओर घुमाता है।

Alicia tenía otra explicación

ऐलिस के पास एक और स्पष्टीकरण था

"¡Lo hace todo el mundo ocupándose de sus propios asuntos!"

"यह हर किसी द्वारा अपने स्वयं के व्यवसाय को ध्यान में रखते हुए किया जाता है!"

—¡Ah, bueno! Podrías tener razón"

"आह, ठीक है! आप सही हो सकते हैं"

-Todo significa lo mismo -dijo la duquesa-

"यह सब एक ही बात का मतलब है," डचेस ने कहा

y hundió su afilada barbilla en el hombro de Alicia

और उसने अपनी तेज छोटी ठोड़ी को एलिस के कंधे में खोदा

"Y la moraleja de eso es esta"

"और उस का नैतिक यह है"

"Cuida el sentido"

"इंद्रिय का ख्याल रखना"

"Y entonces los sonidos se encargarán de sí mismos"

"और फिर आवाज़ें खुद का ख्याल रखेंगी"

Pero entonces el brazo de la duquesa empezó a temblar

लेकिन फिर डचेस का हाथ कांपने लगा

Alicia alzó la vista y allí estaba la reina

एलिस ने ऊपर देखा और वहाँ रानी खड़ी थी

La reina tenía los brazos cruzados

रानी ने अपनी बाहें जोड़ ली थीं

¡Y ella fruncía el ceño como una tormenta eléctrica!

और वह आंधी की तरह त्योरियां चढ़ा रही थी!

—Te advierto —gritó la reina—

"मैं आपको उचित चेतावनी देता हूं," रानी चिल्लाई

Y pisoteó el suelo mientras hablaba

और बोलते-बोलते वह जमीन पर पटक गई

"O tu cabeza o la suya deben estar cortadas"

"या तो आपका सिर या उसका सिर बंद होना चाहिए"

"¡Toma tu decisión!"

"अपनी पसंद ले लो!"

"Y ser rápido al respecto"

"और इसके बारे में जल्दी करो"

La duquesa hizo su elección

डचेस ने अपनी पसंद बनाई

Y al cabo de un instante la duquesa se fue

और एक पल के भीतर डचेस चला गया था

Entonces la reina le habló a Alicia

तब रानी ने ऐलिस से बात की

"Sigamos con el juego"

"चलो खेल के साथ चलते हैं"

Alicia estaba demasiado asustada para decir una palabra

ऐलिस एक शब्द कहने के लिए बहुत डर गई थी

Y la siguió lentamente hasta el campo de croquet

और वह धीरे-धीरे क्रोकेट-ग्राउंड में वापस चली गई

Todo el tiempo la Reina se peleó con los otros jugadores

पूरे समय रानी अन्य खिलाड़ियों के साथ झगड़ती रही

"¡Córtale la cabeza!"

"उसका सिर काट दो!"

"¡Córtale la cabeza!"

"उसका सिर काट दो!"

"¡Córtale la cabeza a todos!"

"उनके सभी सिर काट दो!"

Pronto todos los jugadores estaban bajo custodia

जल्द ही सभी खिलाड़ी हिरासत में थे

solo quedaron el rey, la reina y Alicia

केवल राजा, रानी और ऐलिस बने रहे

Entonces la reina se marchó, casi sin aliento

फिर रानी चली गई, सांस से काफी बाहर

y se fue con Alicia

और वह ऐलिस के साथ चली गई

Alicia oyó que el rey decía algo en voz baja

अलाइस ने राजा को चुपचाप कुछ कहते सुना

"Estáis todos perdonados"

"आप सभी क्षमा कर रहे हैं"

Pero de repente se oyó otro grito

लेकिन अचानक एक और चीख सुनाई दी

"¡El juicio está comenzando!"
"परीक्षण शुरू हो रहा है!"
y Alicia corrió con los demás
और ऐलिस दूसरों के साथ भाग गई

¿Quién robó las tartas?

टार्ट्स किसने चुराए?

El rey y la reina de corazones estaban sentados

दिलों के राजा और रानी बैठे थे

estaban en su trono cuando llegó Alicia

जब ऐलिस पहुंची तो वे अपने सिंहासन पर थे

Había una gran multitud reunida a su alrededor

उनके चारों ओर भारी भीड़ जमा थी

Había todo tipo de pajaritos y bestias

वहाँ हर तरह के छोटे-छोटे पक्षी और जानवर थे

Y allí estaba toda la baraja de cartas

और ताश के पत्तों का पूरा पैक था

La sota estaba de pie frente a ellos, encadenada

घुंडी उनके सामने जंजीरों में जकड़ी खड़ी थी

y había un soldado a cada lado para custodiarlo

और उसकी रक्षा के लिए हर तरफ एक सैनिक था

cerca del Rey estaba el conejo blanco

राजा के पास सफेद खरगोश था

Tenía una trompeta en una mano

उसके एक हाथ में तुरही थी

y tenía un rollo de pergamino en la otra mano

और उसके दूसरे हाथ में चर्मपत्र का एक स्क्रॉल था

En el centro del patio había una mesa

कोर्ट के बिल्कुल बीच में एक टेबल थी

Sobre la mesa había un gran plato de tartas

मेज पर तीखे तीखे का एक बड़ा व्यंजन था

«Ojalá hicieran el juicio», pensó Alicia

"मेरी इच्छा है कि वे परीक्षण पूरा कर लें," ऐलिस ने सोचा

—¡Entonces podríamos comer algunos de esos refrescos!

"तब हम उन जलपान में से कुछ खा सकते थे!"

El juez, por cierto, era el rey

न्यायाधीश, वैसे, राजा था

y llevaba su corona sobre su gran peluca

और उसने अपने महान विग के ऊपर अपना मुकुट पहना था

«Ésa es la tribuna del jurado», pensó Alicia

"यह जूरी-बॉक्स है," एलिस ने सोचा

"Y esas doce criaturas, supongo que son los miembros del jurado"

"और वे बारह प्राणी, मुझे लगता है कि वे जूरी सदस्य हैं"

algunos eran animales y otros eran pájaros

कुछ जानवर थे, और कुछ पक्षी थे

En ese momento el conejo blanco gritó

तभी सफेद खरगोश चिल्ला उठा

"¡Silencio en la corte!"

"अदालत में चुप्पी!"

"¡Heraldo, lee la acusación!", dijo el rey

"हेराल्ड, आरोप पढ़ो!" राजा ने कहा

El Conejo Blanco tocó tres veces la trompeta

सफेद खरगोश ने तुरही पर तीन धमाके किए

Luego desenrolló el rollo de pergamino

फिर उसने चर्मपत्र-स्क्रॉल को खोल दिया

Y leyó lo siguiente:

और उन्होंने इस प्रकार पढ़ा:

"La reina de corazones, hizo unas tartas"

"दिलों की रानी, उसने कुछ टार्ट्स बनाए,"

"Todo esto lo hizo en un día de verano"

"यह सब उसने गर्मी के दिन किया"

"La sota de los corazones, robó esas tartas"

"दिलों की घुंघराहट, उसने उन टार्ट्स को चुरा लिया"

—¡Y se llevó esas tartas muy lejos!

"और वह उन टार्ट्स को बहुत दूर ले गया!"

—Llama al primer testigo —dijo el rey—

"पहले गवाह को बुलाओ," राजा ने कहा

y el conejo blanco tocó tres veces la trompeta

और सफेद खरगोश ने तुरही पर तीन विस्फोट किए

"¡Traigan al primer testigo!", gritó

"पहले गवाह को लाओ!" उसने पुकारा

El primer testigo fue el sombrerero

पहला गवाह टोपी बनाने वाला था

Entró con una taza de té en una mano

वह एक हाथ में चाय का प्याला लेकर अंदर आया

Y tenía un pedazo de pan con mantequilla en la otra mano

और उसके दूसरे हाथ में रोटी और मक्खन का एक टुकड़ा था

—Tendrías que haber terminado —dijo el rey—

"तुम्हें समाप्त हो जाना चाहिए था," राजा ने कहा

—¿Cuándo empezaste?

"आपने कब शुरू किया?"

El sombrerero miró a la liebre de marcha

टोपी बनाने वाले ने मार्च खरगोश की ओर देखा

La Liebre de Marzo lo había seguido hasta el patio

मार्च खरगोश उसके पीछे-पीछे दरबार में आ गया था

Había caminado del brazo del lirón

वह डोरमाउस के साथ हाथ में हाथ चला गया था

—El catorce de marzo, creo que fue —dijo—

"चौदह मार्च, मुझे लगता है कि यह था," उन्होंने कहा

—Da tu testimonio —dijo el rey—

"अपने सबूत दो," राजा ने कहा

"Y no te pongas nervioso, o te haré ejecutar en el acto"

"और घबराओ मत, या मैं तुम्हें मौके पर ही मार डालूंगा"

Esto no pareció animar en absoluto al testigo

यह गवाह को बिल्कुल भी प्रोत्साहित नहीं करता था

Seguía moviéndose de un pie al otro

वह एक पैर से दूसरे पैर पर शिफ्ट होता रहा

Y miró inquieto a la reina

और उसने बेचैनी से रानी की ओर देखा

Y, en su confusión, mordió un gran trozo de su taza de té

और, अपने भ्रम में, उसने अपनी चाय के प्याले से एक बड़ा टुकड़ा काट लिया

En realidad, tenía la intención de morder de su pan y mantequilla

वास्तव में वह अपनी रोटी और मक्खन से काटने का मतलब था

Justo en ese momento, Alicia sintió una sensación muy curiosa

बस इस समय ऐलिस को एक बहुत ही उत्सुक सनसनी महसूस हुई

Empezaba a crecer de nuevo

वह फिर से बड़ी होने लगी थी

Al miserable sombrerero se le cayó la taza de té

दुखी टोपी निर्माता ने अपनी चाय का प्याला गिरा दिया

y el pan y la mantequilla cayeron al suelo

और रोटी और मक्खन भूमि पर गिर पड़ा

Y cayó sobre una rodilla

और वह एक घुटने पर बैठ गया

—Soy un pobre hombre, majestad —comenzó—

"मैं एक गरीब आदमी हूँ, महाराज," उन्होंने शुरू किया

—Eres un orador muy malo —dijo el rey—

"तुम बहुत गरीब वक्ता हो," राजा ने कहा

—Puedes irte —dijo el rey—

"आप जा सकते हैं," राजा ने कहा

Y el sombrerero abandonó apresuradamente el patio

और टोपी बनाने वाला जल्दी से अदालत से बाहर चला गया

—¡Llama al próximo testigo! —dijo el rey—

"अगले गवाह को बुलाओ!" राजा ने कहा

El siguiente testigo fue el cocinero de la duquesa

अगला गवाह डचेस का रसोइया था

Llevaba la caja de pimienta en la mano

उसने काली मिर्च का डिब्बा अपने हाथ में ले रखा था

Y la gente que estaba cerca de la puerta empezó a
estornudar de repente

और दरवाजे के पास के लोग एक ही बार में छींकने लगे

—Da tu testimonio —dijo el rey—

"अपने सबूत दो," राजा ने कहा

-No daré ninguna prueba -dijo el cocinero-

"मैं कोई सबूत नहीं दूंगा," रसोइया ने कहा

El rey miró ansiosamente al conejo blanco

राजा ने उत्सुकता से सफेद खरगोश की ओर देखा

Y el conejo blanco habló en voz baja

और सफेद खरगोश शांत आवाज में बोला

"Su Majestad debe interrogar a este testigo"

"महामहिम को इस गवाह से जिरह करनी चाहिए"

"Bueno, si debo, debo", dijo el rey

"ठीक है, अगर मुझे चाहिए, तो मुझे करना चाहिए," राजा ने कहा

"¿De qué están hechas las tartas?"

"टार्ट किससे बने होते हैं?"

—Las tartas están hechas de pimienta, en su mayoría —dijo el cocinero—

"टार्ट काली मिर्च से बने होते हैं, ज्यादातर," रसोइया ने कहा

Durante algunos minutos, toda la corte estuvo en confusión

कुछ मिनटों के लिए पूरा दरबार असमंजस में रहा

Con el tiempo, todos se calmaron de nuevo

अंततः वे सभी फिर से बस गए

Pero para entonces el cocinero había desaparecido

लेकिन तब तक रसोइया गायब हो चुका था

"¡No importa!", dijo el rey

"कोई बात नहीं!" राजा ने कहा

"Llamar al estrado al próximo testigo"

"अगले गवाह को स्टैंड पर बुलाओ"

Alicia observó al conejo blanco mientras él repasaba a tientas la lista

ऐलिस ने सफेद खरगोश को देखा क्योंकि वह सूची पर लड़खड़ा रहा था

Puedes imaginar su sorpresa por lo que escuchó a continuación

आप उसके आश्चर्य की कल्पना कर सकते हैं कि उसने आगे क्या सुना

con su vocecita estridente, llamó el nombre de «¡Alicia!»

अपनी तीखी छोटी आवाज़ के शीर्ष पर, उन्होंने "ऐलिस!" नाम कहा।

La evidencia de Alicia
ऐलिस के सबूत

-¡Aquí! -exclamó Alicia-

"यहाँ!" अलाइस चिल्लाया

Se levantó de un salto a toda prisa

वह बड़ी जल्दी में उछल पड़ी

Y volcó el estrado del jurado

और उसने जूरी-बॉक्स पर टिप दी

y derribó a todos los miembros del jurado

और उसने सभी जूरीमेन को खटखटाया

y cayeron sobre las cabezas de la muchedumbre de abajo

और वे नीचे भीड़ के सिर पर गिर गए

Alicia estaba muy consternada

ऐलिस बहुत निराशा में थी

"¡Oh, le ruego que me perdone!", exclamó

"ओह, मैं आपसे क्षमा माँगता हूँ!" उसने कहा

—El juicio no puede continuar —dijo el rey—

"मुकदमा आगे नहीं बढ़ सकता," राजा ने कहा

"Los miembros del jurado deben volver a ocupar su lugar"

"जूरीमैन को अपने उचित स्थानों पर वापस जाना चाहिए"

Repitió la orden con gran énfasis

उन्होंने आदेश को बड़े जोर से दोहराया

y miró a Alicia con severidad

और उसने एलिस को सख़्ती से देखा

—¿Qué sabe usted de estos acontecimientos? —preguntó el rey a Alicia

"आप इन घटनाओं के बारे में क्या जानते हैं?" राजा ने एलिस से पूछा

—No sé nada sobre el tema —dijo Alicia—

"मैं इस विषय पर कुछ नहीं जानता," एलिस ने कहा

Entonces el rey leyó de su libro

राजा ने फिर अपनी पुस्तक से पढ़ा

"Regla cuarenta y dos"

"नियम बयालीस"

"Todas las personas que tengan más de una milla de altura deben abandonar el tribunal"

"एक मील से अधिक ऊंचे सभी व्यक्तियों को अदालत छोड़ना है"

—No mido ni una milla de altura —dijo Alicia—

"मैं एक मील ऊंचा नहीं हूं," एलिस ने कहा

—Casi dos millas de altura —dijo la Reina—

"लगभग दो मील ऊँचा," रानी ने कहा

—Bueno, me niego a ir —dijo Alicia—

"ठीक है, मैं जाने से इनकार करता हूं," एलिस ने कहा

El rey palideció

राजा पीला पड़ गया

Y cerró apresuradamente su cuaderno de notas

और उसने जल्दी से अपनी नोट-बुक बंद कर दी

"Consideren su veredicto", le dijo al jurado

"अपने फैसले पर विचार करें," उन्होंने जूरी से कहा

Habló en voz baja y temblorosa

" वह धीमी, कांपती आवाज में बोला

Entonces habló el conejo blanco

तभी सफेद खरगोश बोला

"Todavía hay más pruebas por venir"

"अभी और सबूत आने बाकी हैं"

Y se levantó de un salto a toda prisa

और वह बड़ी जल्दी में उछल पड़ा

"Este papel acaba de ser recogido"

"यह पेपर अभी उठाया गया है"

"Parece ser una carta escrita por el prisionero"

"यह कैदी द्वारा लिखा गया एक पत्र लगता है"

Desdobló el papel mientras hablaba

बोलते-बोलते उसने कागज खोल दिया

"Al fin y al cabo, no es una carta"

"यह एक पत्र नहीं है, सब के बाद"

"Lo que era era un conjunto de versos"

"यह क्या था छंदों का एक सेट था"

—Por favor, majestad —dijo el bribón—

"कृपया, महाराज," गुत्थी ने कहा

"Yo no escribí esos versos"

"ये पद मैंने नहीं लिखे"

"y no pueden probar que yo escribí nada"

"और वे साबित नहीं कर सकते कि मैंने कुछ भी लिखा है"

"No hay ningún nombre firmado al final"

"अंत में कोई नाम हस्ताक्षरित नहीं है"

El rey le habló a la sota

राजा ने गुत्थी से बात की

"Debes haber tenido la intención de causar algún daño"

"आप कुछ शरारत करने के लिए चाहते होंगे"
"De lo contrario, habrías firmado con tu nombre como un hombre honrado"
"वरना आप एक ईमानदार आदमी की तरह अपने नाम पर हस्ताक्षर करते"
Hubo un aplauso general
हाथों की सामान्य ताली बज रही थी
Y el rey se volvió hacia el conejo blanco
और राजा सफेद खरगोश की ओर मुड़ा
—Lee los versos —ordenó—
"छंद पढ़ो," उन्होंने आदेश दिया
Hubo un silencio sepulcral en la corte
दरबार में सन्नाटा पसरा हुआ था
Y el conejo blanco leyó los versos
और सफेद खरगोश ने छंद पढ़े
Me dijeron que habías estado con ella
उन्होंने मुझे बताया कि आप उसके पास गए थे
Y me mencionaron a él
और उन्होंने उससे मेरा जिक्र किया
Ella me dio un buen carácter
उसने मुझे एक अच्छा किरदार दिया
Pero ella dijo que yo no sabía nadar
लेकिन उसने कहा कि मुझे तैरना नहीं आता
Les mandó decir que yo no había ido
उसने उन्हें शब्द भेजा कि मैं नहीं गया था
Sabemos que es verdad
हम जानते हैं कि यह सच है
Si ella insistiera en el asunto, ¿qué sería de ti?
अगर वह इस मामले को आगे बढ़ाए, तो आपका क्या होगा?
Yo le di uno, ellos le dieron dos
मैंने उसे एक दिया, उन्होंने उसे दो दिए

Nos diste tres o más

आपने हमें तीन या अधिक दिए हैं

Todos volvieron de él a ti

वे सब उसके पास से तुम्हारे पास लौट आए

aunque antes eran míos

हालांकि वे पहले मेरे थे

Si yo o ella tuviéramos la oportunidad de serlo

अगर मुझे या उसे मौका मिलना चाहिए

Si yo o ella estuviéramos involucrados en este asunto

अगर मैं या वह इस चक्कर में शामिल थे

Él confía en ti para liberarlos

वह उन्हें मुक्त करने के लिए आप पर भरोसा करता है

Exactamente como estábamos

बिल्कुल वैसे ही जैसे हम थे

Mi idea era que tú habías sido

मेरी धारणा यह थी कि आप थे

Antes de que ella tuviera este ataque

इससे पहले कि वह यह फिट था

Un obstáculo que se interpuso entre

एक बाधा जो बीच में आई

A Él, y a nosotros mismos, y a

उसे, और खुद को, और यह

No le dejes saber que a ella le gustaban más

उसे पता न चले कि वह उन्हें सबसे ज्यादा पसंद करती है

Porque esto debe ser para siempre un secreto, guardado de todos los demás

इसके लिए हमेशा के लिए एक रहस्य होना चाहिए, बाकी सभी से रखा जाना चाहिए

Este secreto debe seguir siendo un secreto entre tú y yo

यह रहस्य आपके और मेरे बीच एक रहस्य रहना चाहिए

El rey quedó muy impresionado

राजा बहुत प्रभावित हुआ

"Esa es la prueba más importante que hemos escuchado hasta ahora"

"यह सबूत का सबसे महत्वपूर्ण टुकड़ा है जिसे हमने अभी तक सुना है"

—No creo que esos versos tengan un átomo de significado —objetó Alicia—

"मुझे विश्वास नहीं है कि उन छंदों में अर्थ का परमाणु होता है," एलिस ने आपत्ति जताई

el rey tenía su propia opinión al respecto

इस मामले में राजा की अपनी राय थी

"Si no hay significado en esas palabras, eso salva un mundo de problemas"

"अगर उन शब्दों में कोई अर्थ नहीं है, तो यह मुसीबत की दुनिया को बचाता है"

"Entonces no necesitamos tratar de encontrar el significado"

"तो फिर हमें अर्थ खोजने की कोशिश करने की आवश्यकता नहीं है"

"Que el jurado considere su veredicto"

"जूरी को अपने फैसले पर विचार करने दें"

-¡No, no! -dijo la reina-

"नहीं, नहीं!" रानी ने कहा

"Primero la sentencia y después el veredicto"

"सजा पहले-फैसला बाद में"

-¡Tonterías y tonterías! -exclamó Alicia en voz alta-

"सामान और बकवास!" अलाइस ने जोर से कहा

"¡Qué tontería es sentenciar al acusado primero!"

"प्रतिवादी को पहले सजा देना कितना मूर्खतापूर्ण है!"

—¡Cállate la lengua! —dijo la reina, poniéndose morada—

"अपनी जीभ पकड़ो!" रानी ने बैंगनी रंग बदलते हुए कहा

-¡No me callaré! -exclamó Alicia-

"मैं अपनी जीभ नहीं पकड़ूंगा!" एलिस ने कहा

—gritó la Reina a voz en cuello—

रानी अपनी आवाज के शीर्ष पर चिल्लाया

"¡Córtale la cabeza!"

"उसका सिर काट दो!"

Nadie hizo un movimiento

किसी ने आंदोलन नहीं किया

-¿A quién le importa lo que digas? -dijo Alicia-

"कौन परवाह करता है कि आप क्या कहते हैं?" एलिस ने कहा

Para entonces ya había crecido hasta alcanzar su tamaño completo

वह इस समय तक अपने पूर्ण आकार में बढ़ गई थी

"¡No eres más que un mazo de cartas!"

"तुम ताश के पत्तों के अलावा और कुछ नहीं हो!"

Al oír esto, todas las cartas se alzaron en el aire

इस पर सभी पत्ते हवा में उठ खड़े हुए

Y todas las cartas cayeron volando sobre ella

और सभी कार्ड उस पर उड़ते हुए आए

Ella dio un pequeño grito

उसने एक हल्की सी चीख दी

Estaba medio asustada, pero también enojada

वह आधी डरी हुई थी, लेकिन गुस्से में भी थी

Y trató de quitarse las cartas de encima

और उसने खुद से कार्ड लड़ने की कोशिश की

Y entonces se encontró tendida en el banco de hierba

और फिर उसने खुद को घास के किनारे पर पड़ा पाया

Su cabeza estaba en el regazo de su hermana

उसका सिर उसकी बहन की गोद में था

Algunas hojas muertas habían caído en su cara

कुछ मरे हुए पत्ते उसके चेहरे पर उतर आए थे

Y su hermana estaba cepillando suavemente las hojas

और उसकी बहन धीरे से पत्तियों को झाड़ रही थी

-¡Despierta, querida Alicia! -dijo su hermana-

"जागो, ऐलिस प्रिय!" उसकी बहन ने कहा

—¡Qué sueño tan largo has tenido!

"कितनी लंबी नींद ली है तुम्हारी!"

-¡Oh, he tenido un sueño tan curioso! -exclamó Alicia-

"ओह, मैंने ऐसा उत्सुक सपना देखा है!" एलिस ने कहा

Y le contó a su hermana todo lo que podía recordar

और उसने अपनी बहन को वह सब बताया जो वह याद कर सकती थी

todas las extrañas aventuras sobre las que acabas de leer

सभी अजीब रोमांच जिनके बारे में आप अभी पढ़ रहे हैं

Alicia se levantó y salió corriendo

एलिस उठी और भाग गई

Y pensó, mientras corría, en su sueño

और उसने सोचा, जबकि वह दौड़ती थी, अपने सपने के बारे में

—¡Qué sueño tan maravilloso había sido!

"क्या एक अद्भुत सपना यह किया गया था!"